中国新诗
百 100 年
years

INVENTING

POEMS BY CHE QIAN ZI

发　明

车 前 子 诗 选

车 前 子 —— 著

`

作家出版社

诗不是发现，诗是发明。

目 录

自序

井底的透明

一

是一层又一层什么样的水踩住头顶，爬进圆柱形半空，融入晦暗？有时，我以为诗在文学的井底，那里水温凛冽。诗是井底的一层水，铺平被单，床头寥廓，固执着透明。诗的崇高正是它恰如其分于低处，守护透明对晦暗的献祭。一首诗迷人之处：它捉摸不定。我们对它捉摸不定，怀疑与犹豫期间，这时，就不是诗在井底，我们来到井底，诗变得晦暗而我们变得透明。诗开始晦暗而我们开始透明：仿佛有个前世与现世交换模式（植入模式）：我们与诗遭遇，诗把它的透明前世植入我们的晦暗现世，侥幸成功的话，会在周围形成丰满夹层，阴阳相荡，原先的空洞发出声响：为了确保其中的不可言说。在现世，不可言说呈现晦暗状态，而在诗中前世就是不可言说的透明形式。没有沉默，从来没有（至于较为夸张的说法，晦暗是诗呈现的现世状态，诗的透明留在井底，保存冥冥之中一个人的前世，与它有关却又很难察觉。能察觉的只是晦暗在督促、激发"有心人"的"头脑混乱"。十九世纪后,"头脑混乱"首当其冲成为人类寻找精神新大陆的最佳出发点)……是什么让诗透明?或许一次次发明,只是为了使诗质地臻于无用之境——则为透明?

二

一个没有诗需要的人,永远不会见到诗。比需要无用的,是想象。谦虚的话,我们想象。我们想象诗是一种发明。庞德认为诗必须和散文写得一样好(既然说到庞德,那就不妨引用一段艾略特回忆,他记得庞德对他说过:"别人已经写得很好的东西,没有必要再去写,你还是写点别的吧!"——写点别的,去发明诗)。庞德他并不要把诗发明成散文,当时虚夸着滥情的诗风,他的发明是诗要像散文那样写得结实(说来也怪,曾有几次我会毫无道理地把庞德移步换形为黄庭坚,晚唐萎靡流荡北宋,黄庭坚只得发明"夺胎换骨"法、"点铁成金"术)。发明,在诗这里,无用竟然收获充分指向,成为文本中的有效部分:是批评,是反抗,是特立独行,是不妥协。"当有人想象人类处境之时,汉语就发明了现代汉语诗写作。"如果有一座诗发明实验室的话,这个实验室内,我看到的只有语言、语言、语言。但每个诗科学家的着重点大为不同。在我看来,现代汉语诗必须和书法写得一样好,就是说,诗也是从汉字出发的。现代汉语诗写作,它的深度在于从汉字出发,一种崭新的、非写实的艺术,难度在于把握分寸,它并不是语言学,也不是文字学,"你要知道如何弃绝知识"(德里达)。汉字是现代汉语诗的前世,前世作为艺术观闪耀生命的信息、多样和惊奇,重要是它的可视性。是可视性，不是意象，意象是现代的，是制作的，相比而言可视性它要当代与直觉一点。汉字帮助我们的现代汉语诗摆脱意象，提供可视性这种新的难度与可能——难度的可能：提供当代。一首在场之诗理应提供当代。

诗的难度会让诗作者更为严肃。当然，诗可以是鸡汤，可以是止痛片。当然，诗也可以不是鸡汤，也可以不是止痛片。以发明论，诗就不是鸡汤和止痛片。诗不是发现（严肃写作从来没有现成品；现成品是能够被发现的），它是发明，是一种态度、立场，属于传承有序的文化禀赋与标新立异的写作能力。一个较为明显又被忽略的发明，是诗发明"你"，于是这个由诗所发明的"你"不能轻易被所谓的本质和我们消灭，由于透明，没有比透明更大的隔阂。隔阂提醒我们，像界石：面临的写作，远比艾略特他们的现代主义复杂。《荒原》单纯、直接，仿佛《工厂大门》《火车进站》这些由卢米埃尔兄弟拍摄的电影。而复杂让我们有些含混，当然是适度的含混，但并不是控制，恰恰摆脱控制，又能适度。适度的含混保证诗能够透明，且很好地利用透明，它首先抛开成见，最后将带着巨大的热情：没有，并没有，案头并没有摆放整齐的诗，我们必须一直走在发明的路上，最后，放在一边，可以经过，原本无中生有的诗终于有中生无，诗的世界观，诗的艺术观，与诗的宇宙观汇合。但不管如何，诗总在提问，正如吕佩尔茨所言："我的画里充塞对于未来的秘密符号，我自己不懂，观众也不明白。"诗亦如此，这是真正的提问，就像清醒的身体因为"头脑混乱"而意味深长。

三

"更加无奈的是，诗，可以不发明，但总要一点难度。"于是沉吟之处与其说诗是诗作者的发明，不如说诗是诗读者的发明（我在"读者"前加上"诗"，意味当代汉语诗对读者专业性要求与对作者专业性要求一致）。或者可以说诗读者发明诗作者；当然，更可能是诗作者发明诗的同时，发明诗读者；或者诗作者不免急功近利，直接发明诗读者。而良好的风气是诗一边发明诗作者一边发明诗读者，言下之意即诗不需要发明，它早就存在，并且作为发明而存在。诗之所以是诗，在于它能展示不同的视觉语法——仿佛走马灯，转动的活力之中成就彼此想象，谁也不能占为己有。另外，这是有趣的情况：真正的诗读者永远只是某类严肃的诗写作者的读者，他们反而成为平铺井底的一层水，诗作者在这一层水中生活：诗作者这时已是诗读者，他们同步发明诗。"不无绝望的是，正是读者构成一首诗所要消耗的材料。也就是说你完成一首诗，其实完成的则是一个读者，而非作者与作品。"

时至今日，诗大概已经不是文学桂冠上的明珠，也许开始就不是，它在文学的井底。诗与文学现象越发疏远，尤其新诗，它与艺术亲近——艺术作为新诗的观念，在思维阴影处、语言暗处、文字隙缝处，涌动、激励。观念越过新诗（文本还不够具体的栅栏），不去吃草，不管青草还是干草，它只是不断拓宽疆域，却无帝国野心，因为新诗同时也是可以割让疆域。这个疆域以前错觉为外部世界，后来幻觉为内心世界……

　　瞧，二十一世纪了！我们该写什么样的诗，我们该读什么样的诗，隐隐约约有其共识。诗是常常不给人方便的，它要在一个看上去都很容易的时代让人——至少在回忆之际并不那么容易。或许，诗的难度会让人类更为文明。

　　　　　　　　　　二〇一六年五月十九日早晨，起云楼

磨着本地石头

好像菜市场里的鸡，

凤凰狂吃菠菜；

有教养的人开始害羞，

当宠物是天国陨石。

抱着自己后腿，

马在睡觉，也很害羞，

尘埃进入耳朵：

"鼠辈进入洞穴。"

（当宠物是天国陨石，

陨石是这里小麦——

麦穗摇曳，宇宙在一只狗脑中，

磨着本地石头。

稠黏之地

蜂蜜稠黏之地，

大道，迅速的榆树，

留下青枝绿叶。

榆树树干倒下——左后方右后方。

透明的甜食。

蜂蜜透明的肚子孕育蜜蜂。

书写习惯决定我们信奉的仙。

（词在这里，字在这里，

流浪的，乃物。

透明的甜食。

蜂蜜稠黏之地，

大道在榆树电影院，

伸进粉红的潮湿的盲人手掌。

干裂的捕风者东山再起。

透明的甜食。

蜂蜜稠黏之地，
离词背字，
流浪的乃物与蜜蜂，
透明的乡井。

莫斯科郊外的晚上

我用莫须证明无罪。

一支白蜡烛烧剩个头，

拧掉翅膀的海鸥，

丢在香烟壳。

（他眼中的中国人都去上海。

此刻，汉语深陷笨拙，

来到泥泞的俄罗斯。

一小摊棕色水渍

天蓝得弃我。

天蓝得已经——开始弃我。

可以弃我。

这时候是看不见上帝的，

他也害怕，躲了起来。

这时候上帝也没地方躲，

他变得头脑透明，

谦卑，身体如水滴。

（以致我拾回之际，他忘记变回，

干焦一小摊棕色水渍。

玫瑰红

以前，有一些神为我们牺牲。

玫瑰红的鲜肉，

不需要煮熟，

就散发良家妇女的香气。

（而妓院越来越无耻，越来越庞大，

容得下外星嫖客。

有一些神为我们牺牲。

以前，

玫瑰红的鲜肉，

不需要煮熟。

雪山

宽大为怀的白浴巾被她裹起，

长安移来一座雪山。

波斯商人骑在骆驼上写诗。

澡盆里微澜香水隐约这种淡蓝、这种退红，

足以覆舟，在澡盆里——

体味必然喜悦！几个人天资聪明。

缩影

我的茉莉花

斜坡。

肉色游戏

往外滚。

正躺在春秋老鼠钻出

不同地洞。

信以为邮差

真被猫吃掉。

共同找到

共同语言之际。

他住在河水那边。

童年在一生

回来几次。

同时遭遇几次断流。

——

童年在一生会回来几次，
我的茉莉花在斜坡杀鸡过年，
河水这边，远看有些鸡毛。

泥泞

女诗人在巴黎喊"世界万岁"。

除夕夜，我们上了声色政治

一课，有人敲蛋高唱，有人

涂鸦，有人通过朋友圈联系，

有人借听课笔记。有人涂鸦，

在墙头出现一个戴着游泳帽

的大法官，他投资拍纪录片。

我在第六层被拦腰折断之地，

裂口的青草很意外，

然后欢迎我——

回到畜生状态，形成陨石坑和积水潭的车辙，

日出之前明亮、泥泞的碎片，

喊"宇宙万岁"。

两脚浸淫咸潮之中

星期日。我们说起珍珠，

耳环投影的身世，

现在已经了结：她是初二女生，

功课一般，喜欢吃海鲜。

门口凡俗的竹编簸箕，

贝壳造次金字塔。

星期一，听到警报声，

（藏于大树的铜钟……

仿佛法老。红毛国水手，

用魔毯提前裹走新岸，

波浪漫进小镇集市，

化掉松松垮垮土纸包的蓝。

说起珍珠，星期日，

我们在集市上，

和漂亮女人搭讪，

两脚浸淫咸潮之中。

相信未来

兔儿爷肉身，洋葱做成。

兔儿爷头脑，

相信未来。

缠满绷带的洋葱头，

兔儿爷怕热，

不穿衣服。哪有衣服？

奋斗多年的兔儿爷换来——

终于倒空自己，

现在肚里没有一包草，

更没有安插电线杆。

相信未来会弄明白自己。

这是一只白兔儿爷，

奶糖那样白，

盐那样咸，

财神那样不务正业。

喘气

挨着。快门摁下。的地球，

没有什。么好夸耀。的，

这时。如果。这时每。日。航班经。过，

你。宁。愿打飞机。

学校埋。伏名。人周围，

她穿条短。裤出来拍。照，

光。让宠。物老。师雪。盲，

波。纹（无。数戴着钻。戒的指。头。

这时。半路杀出个程咬金，

他以为又到隋。唐，

犯上作。乱的星辰磕碰，

一颗裸体的鹅。蛋翻。滚。

西班。牙黄。金。俄。罗。斯白银，

都在好好坏坏。溶。解，

脆弱的诗人被铸成硬币，

舍不得用。装。黑扑满。

从长。安东尼奥尼禄，

米仓无疑更像翻滚的茶。叶蛋，

　游泳。池里。小说。家的头漂在上面，

这时。的确是——

喘气。

材料

做成走马灯。材料！材料！一切都是材料。

观音土不易消化，

白善不易消化。

"喜怒哀乐"做成走马灯，

大长腿消化盆景黑松（像几条大长腿，时间因为历史太短。

灯影暗山：洞里闪亮——

软糖的精液。

"喜怒哀乐"四个方格，

做成圆融一盏走马灯。

我要吃掉心肝吧，

肺腑之言言于走马灯。

风雪，你会告诉，什么材料适合夜归？

你会告诉，什么材料适合一位瘦子一位胖妇人？

仁道

一不留神，

我们总留不住神。

矮小的江南人，细皮嫩肉的家禽，

北方天空下疏朗的苦杏仁道，

彗星长着洋红色菠菜头，

"嚯！"

"嚯"地滑入——荣耀归于：

一不留神都将归于味精。

羊毛

她是从一幅世界名画

　　　跌下的大裸女，

趴在楼梯拐角，

吓自己一跳，

不敢爬起。

许多年后，

我们再去高处，

踩到一条银色地毯，

灰尘没过脚背，

内行说：

"羊毛！"

会不会被设计巧妙的阴谋所激动呢？

会吗？

会吗?

会不会?

我不会,

里面没有深衣。

无诗歌

彼此之间，

如此傲慢。

我错了。

摊开手掌吧！那里，

停着自行车——

后座，

躺下一捆主妇们的青菜。

玉蝉

很可能我是最后一次，

来这里，接着会忘记书法和汉语。

这一次，

没有遭遇战乱与雕虫小技。

睡进屋顶海碗，望下去，

X 光片白虎之脊椎；

而天涯若比邻正煎一只公鸡蛋，

我不相信，我听见，

被窝里小宇宙爆炸，

黯然骑士变硬在冰山，

变黑。一匹黑马，

两辆黑车，一辆独轮车推着玻璃钢地球。

拥抱，

接吻，

即将出现的乡愁不在人类。

收拾枯枝、干戈，火焰跌落鲜绿颧骨，

而手摸到——时针走过垂死柳，

礼乐，薄如蝉翼。

无诗歌

天开始晚了，城市茫茫。

（那时候出言谨慎，万物生长，

天晚得更快，本分与勤恳，

古中国，白色的粥光。

大运河

满是哈气的影。

傲慢，

浓绿地抓住它峭拔后腿，

拎到山尖，用一点光线剖开彩衣，

（登记在册的小紫花，

只有破绽，

与撤退的血。

心，

贡献冷兵器，开到南方那段，

被无可名状性别化，

柔软得可以媲美树皮——

转圈一周，排列年龄、生肖。

满是哈气的影，

树皮上，有个县城。

鲤鱼纪录片足以湮灭寻欢作乐的龙。

灌木丛校对者翻到绿色社团清样,

仿佛最无知的杜甫评论。

满是食言的影。

神话网

你是你母亲湿润的嫁妆，

激情和混乱的繁荣，

不同的姓名而已，

"不——点赞。"

外光冲杀而来，刚才，

家的暗淡之中，

谈物质，谈深交的后果。

左腿为兄，

右腿为妹，

它们缠夹午后，

在白日梦里，

是，

白日伏羲。

是朋友不在多，

左腿为爱，

右腿为灵，

而女朋友从古至今，

如人质藏身单核的红桃，

你母亲加热你：

这杯水。

这一杯、一杯杯水。

这一杯杯。一杯水。

宠物

睡眠是一次雷击。

而有一次宠物被击中，

用心良苦的核桃。

粉碎。断，

裂，一路下滑的山泉，

事后无声无息。

被击中被运气裹胁，

如今，裹胁房间，

从头到尾粉刷肚皮翻白的闪电，

梁上不免涂满标记。

眼神不定的飞，

并非从来都没有预谋，

它常常伴随，

像害羞的意义，

只是不方便告诉我。

睡眠是一次雷击。

中国春节在布拉格

在布拉格之春，

一些十九世纪仿佛皮影，

白羊拉着中国春节。

忽然有人。

忽然有人研究学问，

"卡夫卡，

文笔，

生肖与生殖系统"。

他属蝎子，

所以双刃剑细如毒针。

茶色的性蛾子，

在布拉格，

飞了一个下午。

在捷克斯洛伐克，

捷克性像童年认识的好兵，

斯洛伐克蛾子，

遭到禁止的灯心。

如此枯燥，

如此乏味的"机械，

事故"。

流感

茶与牛奶，谁更享受？

让洋务派检查塞子，

一棵在大西北灿似黄金的胡杨树，

就这只塞子留下。

心存感激，命运对我做出最好安排，

童年，看它月亮。

看，她乳房平静如黑斑。

我的左手是茶褐色的，

右手奶白；她的触须是奶白色的，

陷阱茶褐。在西化、

国粹、奶茶之间，

卖相交替（喷嚏与鼾声犹豫的品质，因为。

人质被细菌杀死。

禽兽之诗

想着我再年长几岁，

正式开始，

用安度晚年的激情，

写着：

禽兽之诗。

其中依偎好——空空罐子。

雨果

就像:

孤独的魔术师,

人海茫茫,

也变不来一位朋友。

而更悲惨,

他不能把小孩,

变进她怀里敲钟;

也不能从她怀里变出日夜。

他最成功作品,

眼前的左手还是右手,

变成永久布袋,

永久装着他悲惨的脸,就像:

雨果。

晃动

一块丝质手绢落地，

我抽出手来，想要接住，

这时，不知从哪里射来一箭，

鞑靼骑兵杀进村，

专抢肥胖妇女，

这块丝质手绢被箭钉到对面墙上，

咬开了蚕茧。

蛹，实在丑陋。

黑海在一只碗里晃动。

灰

首先冻死屋顶上的人。

这里无山。

灰——在修天线。

图像海波动，灰——时刻炫技，

守着活体颠簸的舷窗，

两耳发热，

坏话跋山涉水，

认出面孔，两耳之间，

是一艘晕船。

傍晚，我们停下，

一切归于品位：

垂直！

灰——在修新居。

（好久看不到炊烟从郁郁葱葱的祖坟冒泡，

你最根本的爱，

已被穿孔。

这里无山。这里无人。

灰——在修地球。

平江路

河边，摆满斜坡的桌子、椅子，

茶水也在体内侧立。

游船上的外地人，

更喜欢我的故乡。月亮，

已经很少时候——

能从平房低调的屋顶升起……

（孩子，我要向你学习：

忍受良辰美景之中，

话多的女人男人；

而表妹又是如此客气，

微风吹着突然到来的亲戚，

童年，神明们都在河边。

理论

苋菜汁舞娘，

有时失足，

红艳的脚，顶端跳着白苋菜凉鞋。

迟到的烹调爸爸，

理论上，

万岁！有发福的——

烧肉，

有救命，她一屁股坐下，

有洋葱圈和蒲团。

林寒，人迹稀少，

磐石算盘打着青苔，

铜板大小（而母亲在烧菜。

男布娃娃头剥出皮蛋，

躺倒碧草丛，

红蚂蚁架空王国，

一次，又一次，
挠着大陆胳肢窝的新浪潮，
奔赴腹地煮海。

白鹤

准确如直觉。

"没有失散，只是潜伏。"

途中，迅疾的口气，
讲完乌云密布故事。

现在，白鹤的一根火柴棍擦亮昏沉盆地，
多么危险，
多么诡异。

"穷人家突然收到一袋面粉。"

"星辰转动的磨坊，
白鹤，磨成了黎明和阳光。"

——

……下楼的人刺青；

而她身体蓬作黑松，

白鹤，上面跳舞：踩到诗集，

菜色的梯子。

（当白鹤，

埋在翅膀下的首脑，

从容移出，

抬高红玫瑰乐园之门，

像拿起电话。

——

我们回答尘世问候。

——

缓缓地，

白鹤，优雅在天空中：

仿佛中文字幕，

出现，

在讲着爱情故事的外语片中。

当代中国南方稻作文化考

碗中堆着金山，

造着金山寺，

不能攀登，桌上的竹筷，

江东子弟之勺也不能。

夏至过后，

天气一下把滩涂焖热，

白下大股神，

酱油中她修炼臀部——

两块肥肉铺满虚处唏嘘，

中间割出夜归，

留下黑缝，

也没有割断。

喋喋不休的龟裂。

枯水稻田肢体语言的邪，

好坏，

也是一条路。

碗中堆着过来人，

造着来人，

两块抖擞的肥肉，

诗：厚厚地盖两床棉被。

（在手心，

放下一撮雪泥，

无名无姓的它，

总能卷土重来。

都是天空

在夜里，药片发黑，看不到土地。

"骡子！"

装满云的国度，

都是天空。

言桥

他们挖个坑，

围起来，

空洞：空洞洞，

默哀到黑——算对这个世界告别。

真没有什么；

无法，

而无法下葬得体！

——

用层高威胁一棵树，

还需要乳头抹上辣椒酱吗？

我断奶时候，

星空炙手可热黑咖啡；

……古城近代冲淡的异国风情。

——

脚踢到木偶，

交椅有一腿步行，

刻着棍子。

年轻，好学，

做爱方面，

难不倒他们。

——

门神举着剑，我断奶时候，

魔来喂水。

他们的身影

他们的身影高过房子。

当两个人的身影高过房子，

房子就是封地，

年轻的白杨树立起墓碑。

海伦·乔

见识，见识过，见识过人，

见识过人的人，"人道是，

三国周郎赤壁"，人道是人间。

踩着水面，火焰缤纷，

见识过的人，人道是尤物，

人道是仙女下凡。

（霓裳挤出颜料，

管状私通、杂技，管状丝线，

胸口祖母绿而外祖母鲜红。

美之国媳妇，猿猴领入内战，

为见识过人的各类牲畜，

学习——使用毁灭。

（见识过火山口的周郎，

人道是她有一条栈道，

小隐琴声潜伏的桐梓林。

有神

雪空——阴天的海面，

有种兴奋的期待，

夜里划船，

（并约好都不睡觉，

两眼炯炯有神。

发明

在阿富汗，

无人发明普鲁士蓝和法国蓝。

骑兵发明元青花、江南。

我在空中区分，

切割，

混淆上下，

发明突然的宗教体验，

像一位高中生，

常常坐上她父亲膝盖喝咖啡，

但并没发明突然的历史感。

像一位高中生，发明她画家父亲，

而我发明姑娘，

大风中的旗帜，

紧紧卷住了旗杆，

从受苦的石头之中：

那些雕像上砍下一块。

（占卜，拿纸牌，

指间的公园葱绿小路，

身形蓬松，

引用时拉坏弹簧，

一如交媾后床头宽容的遗迹，

每天发明废墟，

就是说——越人类，

越不能当人看。

跷跷板

当我分量足够，

她自热而然就从对面升起——

趣味圣母的两腿，

以及他们正打听的秘密。

南社

"种活水稻就是英雄。"

一头扎入血泊，魂，不能回过神，

翻手，覆手，交替，平稳过渡，

屠城——

夕阳一头扎入血泊。

"你说禅智山上，"

夕阳一头扎入布袋，樱桃小口的阿金姑娘，

这座迷楼，"晴空"，这头困兽。

小腿肚子洁白，

阿金姑娘腌咸菜，

好像菜碗里苏州冬天，

褐色的汤汁上漂着一调羹冻油；

而河流蓝靛厂静脉。少年中国的恶趣，

或者，

跟着少年中国学坏的老年中国，

把他们恶趣承载?

美如恶作剧

一条松开的七彩鞋带⋯⋯

光脚跑进太阳，

美如雨后，轻描淡写像半空。

迷途的雷阴影浓郁，

跑啊，跑啊——像玄豹，

像危险品，

像乌云，

不愿散尽家产。

半空，一条松开的七彩鞋带⋯⋯

（天堂，一头梅花鹿，

饲养员扛来见人，

在水池，大惊失色，看到：

入侵的斑斓花纹，美如雨后，

迷途的阴影跑啊，

美如恶作剧，跑啊。

瘟疫之年

能不能保持上班姿势?

像兔儿爷那么跳——

跃进我们的性生活。

跳到哪里,

哪里就有一块黑板。提前说明,

"经历会首先像健康

　　弃你而流窜,

活命永远卖点,骰子虚掷,

蟠桃中间夹着根绿色的养身油条。"

像兔儿爷那么跳——

跃进我们的祷告。

空无,如果高抬贵手青睐餍足的话,

就去修鞋,

就去钉马蹄铁,

时间比青草更易圆缺,

一块黑板上面,

有根白色的油条,

（大盘鲜中反复坠楼的明月。

保持上班姿势，

但像兔儿爷那么下班。

乡愁

真实母亲粗糙，敦结，抱怨。

爱，灵光一现然后，夜晚的湖水。

真实母亲有时淘气得床头蹦跳，啊，抓到了乌鸦，

它在蓝白小方格的床单上，跳跃，

这种床单是你通过希腊看到马赛克墙面。

虚构母亲是漂亮的，漂亮的，

穿着花裙子，

神情夸张，

举止稍微有点轻浮，这正是我们需要的，

虚构母亲仿佛电影演员。

悲哀与害羞

我能很快从猴群辨认出那人，

还会，

或许还会好心把他领走。

说到底，我对猴群更为熟悉，

我们毕竟不能很快从人群辨认出那猴，

虽然如此显眼，

名声与毛发赫赫不合语法。

而悲哀的孙悟空此时，

是超语法的。一无所有之际，

我能很快从悲哀辨认出诗。

——

黑发。

长发。

抓紧长发的一把黑发，

牵来马。

光屁股马，

白马光着屁股，

骑她屁股上，

会害羞。

——

一个习惯和调羹做爱的人，

不一定是筷子，

不一定是碗。

也许是俄罗斯乡下浓汤。

一个人和干草垛做爱，

月光多好啊，月光多好。

——

小桃红山，粉嫩远，

蓝天这场空难，

生命雾霾中休息；死亡热爱：

你不知道它那么热爱失眠！

进化

火山口的雪，

腹部的雪，

夜晚海面上的雪，

一艘船黑发那样直立。

——

雪也会直立行走，

脚印里的雪。

线描

被蜘蛛带入空中的乳汁——

是我面容：

比我痛苦，

也比我可爱。

文明戏

夜郎，白得恐怖，

大黄嘴，

撞上石头，铁的痛哭声，

压箱底的，

辟邪，

全身溃烂，

它得了"点彩派"皮肤病不能露面，

不能露面还有皮影，

白得恐怖，色彩在逃亡，

白做我们的地主。

做我们的地主，

活剥皮影，影皮剥活：

人的痛哭声，

剥皮的——

（夕阳保住一只血乳，

火车在引水渠汩汩声中，

抽象如意淫……

历史

乌龟

古装

文明戏。

——

这万恶的旧社会吖，

兔子捆成干柴，

满世界火坑的香味吖，

小白菜香味。

———

巫山那边，

云的国度飞雨，

鼠洞挂着猫的领袖像，

有人曰猫；

较为可靠的说法：

小巧条案供着西点，

鼠辈膜拜一包

（打扮成西点的鼠药。

历史感

"我藏好了！"公园走到灌木丛前，

母亲叫喊。我在第二天还有傍晚，

一群金光闪闪的、欢快的麻雀。

当你

当你！

当然！你的脑袋早已就是洞穴，
狗熊正——
合适冬眠。

并带来不小麻烦。

那些思想之外的孩子，
饿得流口水。
删掉的雪，当心你！

你删掉我的雪，没到夏天。

门神颂

摘要狮子犬已经跑远，

远远跑到太阳底下，

吠叫。

它全副武装，

完全是条天狗，全副武装，

农村武装到牙齿。

改用一种声音吠叫——公鸡嗓门，

卡住，茶叶一样忍受，

杯中物。

杯中：伐木，覆巢，允许（六月采梨，

"牺牲姐妹花，既然舅舅贴上邮票，

寄给下一轮舅妈，

那么，再牺牲罗汉果，

又，会，怎，样，呢！"

和后裔，圣人决定合影，

翻拍到各地区，

我和木偶同居，它的躯干大红，

它的鼻子珍贵如象牙，

走私，

到私下里，挤作一团的鸿沟替代医生，

夜郎国北部——浪漫之旅的、

热议的门神。

没有第二次礼让。

没有第二次自大。

门神，

于深海你的年华能随什么老去？

无诗歌

你不会看到，

深渊是白色的，

我一个人坐那里，

如母性。

你真的不会看到我，

这点很好！

书法颂

先要亲近那份测量的晦暗。

古代绢本中，
黑出丛林的树枝。

来自谁的胸脯——涨痕般的，
暖意?

蛙群（情激愤，镜头埋怨那只，
胆小白兔。

由于胆小，
它柔弱的长耳，巧妙，
巧妙拒绝了：
索隐岩石。

（在这红色沙漠，
我们不多的脏水，

够给他洗刷干净，

也就是那个拥戴，

清贫果的外星人。

照片虎

萤火虫社区。精致的画皮，

经常挂上树梢，突然跳到，

候鸟脊背，将不幸咬碎照相机里：

晃动"沙沙"响的颅骨。

"啊呜"一口，这是，

难以形容的奇妙动物。

头和牙的不完整性牝狼，

然而身体又像老虎结扎条纹。

用四条腿奔跑，也可以，

袋鼠那样后腿跳跃。

（具有其它种类动物特征，

更像人，有着特别地方。

（1963，

最后一只名叫"女友"的照片虎，

死于蓬莱"希望动物园"。

我们内心经常如此。

（2015，中国羊年，

尽管以讹传讹——

但会在七宝瓶中经营烧饼店。

灭绝之际，谁看见人类？

西湖史

垫着一块，

又一块，

大圆石，卧室爬进凉亭，

望山。

塔尖，

倒立一只翠眼睛。

模糊的湖州人说起往事：

爷爷带他去菜地。那天运气好，

梦到病死的白萝卜。

城里女人衣着入时，

给他们看海鸥相机。

"咔嚓"，爷爷割掉面前，

一排韭菜支架，

口音纽扣中语感灭绝。

我们先后与三个城里女人离婚。

河内。平壤。莫斯科。

最近有位美国农民从墨西哥爬进，

海水越来越淡，

仿佛西湖史。

鱼头

看到父亲厨房，

剁下鱼头，

面具一样戴在脸上，

游走了。

留下渺渺烟水，

是！我儿子看到他爸爸，

滑稽地躲进鱼头面具，

从他童年游走。

总能听到排水管不愉快的声音：

面具溢出，

鱼头复活在暗处，

（仿佛抽空无政府衣服，

没有钻出元首，

也没有伸来，

到底也没有伸来援手。

右眼所见

出乎意料，揉着，

一团面粉变成一个女人，

咯咯笑着，

我手头都是她流出的泪水。

时候不早，

苍蝇们要回家吃饭，

我把一滴又一滴泪水，

推进火坑，秩序井然的蒸汽推敲窗户，

包子蒸成，四围合黑。

每只包子里有一颗睁大的眼珠。

中奖的话，

一只包子里有两颗，

而左眼微甜。

过关

石榴在走私——红粉子弹。

过关。大蜻蜓两眼戴着：

翡翠胸罩，兜售就是看不见，

只要欲望，也能飞远。

不能蒙骗夏天，

被烤焦的——原本就是灰烬。

因为求生拖沓的高压线上过于荒芜的露珠，

过于荒芜，无法蒙骗。

本地区神

我们会被陌生人吓到。

或者大受欢迎。

这里——它出没诡异，

肉里渗透甜味。

咽下一大杯父精母血，她以为，

"啧啧称奇"的蜂蜜。

喝道。胡蜂开始穿着平凡——它出没，

竟然蜜蜂口音。

（艾菲尔铁塔、比萨斜塔、北海白塔的裙底，

惜墨如金。纠缠的导游弹，瞄准空洞人心：

"它出没，竟然像个神童。"

墨色金色纠缠的腰身，甜味渗透肉里。

本地区神

提着水里挣扎的塑料袋，

悍然一天，蝌蚪里挣扎的水，

结合这么好，客人带来新鲜兄妹，

难分彼此，挣扎，扬子鳄不大的影子里，

无知地成长，无知地成长，以致塑料袋漏水，

我们上缴童贞，直至再次投胎，

都没有漏完。

无花果

手臂女受到鲜花侵犯，在
亮马河，会不会——成为
一张油饼？二十世纪，七
十年代是二十世纪的异地，
无花果在燕赵，像是奏折。
每一摺里，有断了的龙形
风筝，以及骗子意大利人
马可·波罗，藏好的中国
宝贝，大多数是些无用东
西，但是，属于发明：像
北齐皇帝将贱民绑上翅膀，
强迫他从高塔跳下，如果
摔死，命名为"生"。

这个国家一直在发明"生"，
至于手臂女受到鲜花侵犯，
属于道听途说。而这一次，
诗中没有文化宫。

传统

打进她暧昧之身，舞台灯光。

漂移的丛林影子，

徒劳，我追赶法则。多么短暂：野外。

（房中，学习古人谈吐，

是一幅元代山水画，奇妙地保存——

把忘恩负义的汉语保存。

发明

那时，我的指间夹着烟卷，
神情多少有些傲慢。

——

在盛夏，贝壳发明的洋娃娃眼睛眨动，
不像其他海鲜。她升起，逃脱腐烂。
同时笨拙的墨水瓶中升起鹅毛笔，
乱真着带有稻草香的炊烟。
一起婀娜、飘荡。

——

我在小镇发明世界上第一家影院，
银幕，至今还是历史。
曾祖父经营的糕饼铺子，
乡下麻团已经失传。蛋糕越做越好，
五彩缤纷像花塔，高耸入云，

引发新一轮教徒顶礼膜拜。

——

那家婚纱店还在街头，

你想不到，

第一件婚纱是用羊皮缝制。

——

我在内心参与人类一次次发明，

结果一无所获，

这种生命现象，够神奇的，

值得珍贵。夜晚，胸脯够黑的，天空，

至今还是空白。

——

我在臀部发明椅子。

——

被我搂过的绿腰成为乐器；

当闹钟能够放进子宫，

铃声就响起欢乐的博学之脸：

鼻子敲打烧杯。眼珠在上嘴唇圆舞。

长颈鹿做成高跟鞋。

——

银幕，张开大嘴，

吞下人类——作为时间影子，

发明剧终。

———

我在小镇发明世界上第一家照相馆，

诸神合影留念，

你们不信。神情多少有些傲慢，

毡帽够破的，值得珍贵。

我发明的手表不能盯它一眼，

盯它一眼，它就停下。

我发明的父母味道鲜美，广阔天地，两人从不认识。

———

你们不信。你们发明怀疑，

和我一样，

结果一无所获。

诗的岁月

诗的岁月。雨果。

有时死。拜伦。

而爱更多。歌德。

被悲激活的尘埃。杜甫。

下个结论，沉船——

海底躺着多少，

有黑白行数的，

葵花籽壳?

无诗歌

阁楼里灯火熄灭，

天空黑暗。

另外的世界忙于娶亲，

队列中（人人庄严。

老鼠来到乡下，

头一次看见青草，

（像，

……参加革命。

无诗歌

鸡鸭血汤里，

桥头小店，死的味道。

但子宫还活着。

亲爱的小孩，

你不打算出世，

就有希望。

动作

"一个简洁、

白色杂技演员，

在淡蓝，

也许浅灰的平涂底子上，

做着半人半兽——

半神的动作。"他，

把自己阳物，

当作飞马骑到地狱：

"如果有不朽的话，

告诉我什么不朽。"

——

建造修道院的人，

做着——什么动作？

面包太阳底下排队，

与人、兽配对：

做着齿轮的动作。

神，迁入睡莲阁楼，

像"一个简洁、

白色杂技演员"，

他把身上所有零件，

都看成废物。

——

我们只是利用动作，

完成解放：

道路，

帆布帐篷尖圆的内部。

山

圣维克多山在法国南部，

是塞尚的山。

（灵岩山在中国南部，

是和尚的山。

阿弥陀佛！

女人在石器时代今天身上带多圆锥体，

拥抱时蛊惑软仆的——

原罪：几只麻雀置于恰当透视之中，

纷乱每一面，

都直接趋向不停眨眼的中心点。

桃花，同行业圣灵，

也要开放。

现实在回忆里经常准确无误。

是高棉的山。

一座座青绿峰峦在大革命后尤其鲜艳。

性质

即将到来。作为大礼——
兄嫂的药效不变，
而武松只在夏天，
去梁山度假。

山羊的外婆是奶牛

那个从噩梦醒来的国王，

灰默之中，土，双塔，

黑默之中，举世无双塔……

"尘埃演员发作火爆与烟瘾之中。"

（你不能如实入睡，

而让人欣赏，

宫中呼吸，

脚背难受的脸抱负记忆。

抱负在一起的记忆，

四条腿沉没低年级波浪，

灭顶的滔滔红粉，

改变骷髅与布袋磨蹭光线。

（它的头，刚刚抬起，

从大地深处，刚刚拔出——

湿漉漉的生殖器，狭长，

下巴瘦削，富于挑战。

像突然回来的男孩，

那个从噩梦醒来的国王，

恢复主权，

把入侵者赶进地狱（或者天堂。

现在，他宣布：

"收回对你们的爱，

在人间，我尽管废物一个，

也已经尽责。"

岩石

在我返祖前,

锡壶水扬起鹅蛋脸,

找份母亲工作,

然后抱秃童去动物园假山,

举办晚宴:

最先端出七只盘子,

星斗纵横,

黑色腿叉住,新潮正建宫殿,

有我喜欢的,

凉拌海胆,

（它像不可收拾的球,

踢到圆外……

———

大海，

你这深绿的胆，

颤抖在水蛇腰间，

胆战心惊在岩石后面。

直到满月，

大兴土木，

看着众人，

为它工作。

———

锡壶水扬起浃宙帆，

说到这里：

"大海，胆战心惊在岩石后面。"

（胆战心惊在岩石后面的，

到底是大海，还是满月？

"让她找份母亲工作。"

汤汁

"向日葵你这油绿的脸忧郁的蛋，你这绿脸婆，"

趋利城惨无人行道，

低等生物存活，

性感水母，

我们手指间弹跳，

欣欣然穿过一株株，

它掀高未来进口

    那些潜在的灰蘑菇。

——

于——蘑菇镀银尖顶，

两个人，这黑色的字，

一前一后；

而白点在收割末代的金砖稻田画地

    为牢，大头仿佛洪宪圈，

颈项的外皮启奏一条条：茶褐条约。

（这里，诗的面包片蘸着：

历史汤汁，

仿佛茶褐抹布。

———

腿脚形成镂空的、漏网的荫庇，

文明回来，祖先回来，

同它们墓地合影，

年纪不相上下。

（避免激怒镜像里的胎盘，

这黑暗——天地，

始作俑甜点。

———

假设树林里的红薯秧，

老人们水中捞月——浇花：

一手搅水，一手拌面，

这看似简单——生活在河南阿姨那里，

一种新鲜白玉

　　之物质。

（橄榄密集向日葵语言，

所有的糖分中。

"向日葵你这油绿的脸忧郁的蛋，你这绿脸婆，"

我们的油，

我们脆弱的汗——相机内部，

小宇宙蒸发：

双臂抱胸，

彩霞之中别人理发与别别人思想。

（在半途，

旅行社成为在野党，

没有家禽。

——

倒下，是——碎镜爪牙紧紧攥着的长江：

腹部系着一根红线，

今年是命的本命年。

——

青山，胶片（像：

砧板中间的绿肉，

俄罗斯妻子在中国被素食，

（而跨宇宙婚姻：

"我的太太是外星人！"

她的童年，读物是有机书，

官方语言是诗。

——

碑，这黑色的刺，

这大地上一排排黑色的刺，

被记忆毁灭者，

一根根拔去。

人类历史已经雇佣十个人去记，

我们可以不负责，

我们可以忘记，

我们可以变得一无所知，

或者佯装一无所知。

如果十个人忘记了……

碑铭，

两行诗夹紧的汤汁。

——

向日葵你这油绿的脸忧郁的蛋，你这绿脸婆，

被人欺负，满地专家，推出午门，

雷神来了，下凡来了，轰隆隆的向日葵街头拉客，

带着女儿卖淫，女儿比祖国小一岁。

（大户人家的向日葵披金戴银，

与大暴雨完事过后，

城府深深，用一块绿丝绸擦拭屁股。"

祖国比丝绸的手感——下次还要舒服！

"向日葵你这油绿的脸忧郁的蛋，你这绿脸婆，"

这里，没有东西。

——

"这里，没有东西，

没有篡改，

篡改首先要有东西可供篡改。"

——

"那么，忘记是不是篡改？"

——

人类历史已经雇佣十个人去记，

如果十个人忘记了，

"人类一阵轻松？"

"不，更深地，人类更深地，

生活在只有人类的历史中。"

（大暴雨，

不是为每个人而下，

碗中没有面条，

幸运的是他没有读懂诗。

礼制

在咖啡店她把兔子耳朵，

老鹰叼小鸡一把抓起。

眼睛出差（给个特写吧：

一根红丝线，

到手头，她把兔子两只耳朵，

捆成粽子，

（向汉莎航空送礼：歌德先生喜欢吃肉，

歌功颂德小姐喜欢毁人，

兔脑壳中装满，

伸胳膊，

踢腿汉语。"是有欲望的！字体。"

"异国他乡精神病院，粉丝，

会相聚，那里，

它是最高学府。"

现在，躯干还太年轻，

需要她出让体毛，

给兔粽子安插亲信：

窗台上操着一口考克尼胡须。

不懂更好。还是咖啡店，

她从烟缸拎出妹妹，

像把兔子两只耳朵捆成粽子，

她把粽子捆成闷热枕套，

"是有欲望的！礼制。"

内容

封面：一匹马出现，

脱缰的脑袋"砰砰"撞击，

要告诉我重量。

（沉入水底；而石头，

慢条斯理经过村庄，

大片麦田下落：

几间瓦房，

看！早春的肩膀出水，

两座坚定的坟。

封底：一位女士提着长鞭，

引领毡垫下踩扁幼儿，

在自己靴中狂奔。

蛮横地！什么内容挤进本书？

或许低声细语文雅至死，

（大片文字下落——

不明：岁月、美，以及诗。

片段犯

河水犯历史，比我知道要长；
作为沙发，井水犯还算不上名胜。

扬州炒犯，盐商咸宜的布娃娃犯，慈溪犯，
园子静悄悄，雅集犯，腌肉犯，考究犯。

梁上，西洋风景里的故国神游犯，
茶犯，粥犯，出手不犯，酱油犯。

大船沉没，恩赐犯，吃盒犯，
失去亲友，嫌疑犯——讨犯——好人犯——媒体犯。

江边，长毛绒玩具犯。山水犯。
地球上夕阳余晖，公道犯，无神论犯。光明犯。

无诗歌

居然，在这深夜，我们还没睡着。

要相信大地上有从不睡着的东西。

神游

我在人世间见到最修长的腿，且美，

是燕子。

荒芜天空，它游，

发明自己泳姿。

蹬开空气，两腿抖散言辞，

一棵确凿青竹，

词不达意，纷纷在远方——

乡村电线滑向古典孤傲（阴暗与神秘，

而燕子仿佛路灯，

俯视炊烟中的病人：

抱着瓦罐，山顶下来，

水库里也有一个空天芜荒，

眼神会神游！或许。

双颊的朱砂封印——

季节已经死机，

侯门锁住春天渺茫的大海，

鸥盟编队今天沉船。

"缺乏幸存者。"

废墟之上，燕子甩起尖锐胳膊，

无人享有。阳光开合扇心，

点染腋毛，如银杏叶。它还能修长。

天空荒芜，只有莫测的头脑和神游的腿，

燕子的胸脯邀请透明，

珍贵，得体。

体会——明年你才能体会。

我很久不舒畅了，也没有悲伤。

无诗歌

孤独无边无际。

寂寞是一只镜框，

装着老照片：

（它拍下去年这一只空空的镜框，

其中无边无际。

抱歉

才有沉思，低下头。

"残暴的大猩猩"身边，"青年，
在读黑塞。"
他大脑袋，
开裂的黑面包，
看上去，妖女、奸夫与匪徒，都学会抱歉！
道理、监视，如你所说，
错乱与聚餐的普宁。

抱歉！寒蝉，
瓦砾都懂。

抱歉！我只读过几页黑塞，
不能让他活进愿望。
（有时候，我想：
波澜壮阔的生活，
只要烧滚一壶水。

无助，有时候，

才能拒绝——

好客的、好客的他们。

晚霞

灵芝天上来，脸色好银朱，

它两只金子眼睛，

看不见我。人间已经瞎了，

变得漆黑。悲伤与惊喜，

在床头属于乱伦，

在天上——各得其所。

馅饼天上来，大半天，

还不到人间。不满与安分。

在天上——大师已经瞎了。

洋红

我从没摘过鲜花，不忍。

我从没摘过鲜花，不仁。

玫瑰躺在路上，石竹，
芝麻开花节节高，谁种芝麻！

生气了，
洋红隔着东海，
凭空。

隔着东海呀隔着东海，空口无凭，
也会咬人。

田园诗

喜鹊闪着两把白扇子，

姑娘炫耀

    涉世不深的肌肤，

想要完美，两把白扇子搁上黑腹，

姑娘！你情有独钟的脑袋，

是颗绿豆。喜鹊带来——

飞禽们的爱，大地啊，

它有两头，这交媾着的走兽，

一头在井中。

——

除草机下午激流，

吐血，一地绿血。

以前，我认为

    "地主的血"，

现在看来，

是除草机的血，是机器人的血。

没有见过世面的血。

不能沉静的血。

刮着风做小买卖的血。

——

涉世不深的肌肤，

"地主的血"，

嗜好手工，但不恢复农业生产。

（优雅保持形式上——某种不愉快。

无诗歌

她的眼睛里只有我的胡须。

我的眼睛里：她的眼睛，

和三把剪刀。

（一把大剪刀，两把小剪刀。

她的眼睛如果偏黑，

那么，我就是中国诗人。

树坛

大槐树臀部在动，而不是树枝。

哪能找到白杨树两条棕色细腿？

它的孤傲，它的膨胀，它衰落。

季节在立法：它的多变。

罗汉松干上伤疤，它的磨难。
它的浪头，
榆树个性在其它树中。它的放弃，它的热度，
和无礼。

鸡爪槭写字颤抖。
银杏快感到风……

树声单调而干燥的北方天空：
挺进一棵笔直的胡同树。

另一半世界，

砌成太极图树坛，有些树仿佛无根物种。

在我——另一半世界，树晚睡，

这是善良的习惯，

从不浪费黑暗。

翅膀

开始去爱害羞，

搅拌起来，

翅膀是一副度数不准的眼镜。

在影壁前走快，

飞出杯子，跌跌撞撞，划着圈，

这就像致敬。

即使它坏，不小心，不速之客到处留念，

一切因为……群绿底下，

他们正接吻，显然是人类。

虎穴里的鼠洞，

污点：玩物的谎言在大自然，

献礼。

我无法选择，随波逐流而全部结束。

（她说"更多血液在谋杀一个人"。

是否意味着升天？

格言表

跟秃童争吵，

我是个失败者。

愤怒属于公共气象；

厨房形成蘑菇。

过于关注未来，

所以——放大的遗像。

好让彼此不能了断，

好不了，好不了。

比毒药更毒：

一次次，试毒者。

火的政治归功于灰烬；

水的一生潮湿，羞怯。

——

它孤僻，格言，

不愿与文字多打交道。

偶尔，爱上格言的愚蠢，

直来直去，不加修饰。

被格言解放的格言，

一部分成为散文。

被格言侮辱的格言，

一部分成为诗。

——

乡下看露天电影，

银幕（浩瀚宇宙中的一颗新星。

很少想起地球，

我想起蜣螂与夕阳。

——

死后我将放弃仇恨，

并让一切复仇计划落空。

把某人的魂带走，

多么不幸。狗比我们精力旺盛。

当我忘记了悲伤，

是多么悲伤。

不知道未来的人会享乐。

我死——我做梦。

——

国家，其实，
两个人的事。

——

马，跑得快点吧！
所有的身体，皆风。

鱼书集

这些书——海边码头上的鱼那样堆积。

这些鱼——帝国图书馆里的书，

那样堆积，无人问津。

火

始皇帝焚书之际，

他是圆满的，

甚至产生错觉：他发明火。

火是他发明的，野蛮的火啊！

告别茹毛饮血。

确实是他发明，

书：

烤出了汗，

炼出油。

（这块肥肉，

滴上谁的嘴唇？

绿女儿

（对曹唐一首游仙诗的猜测、不满与改写）

什么

时候，我们借主义、思想、岩石上的

神迹、绿女儿，

借对，

什么时候我们借对过？

一开始就错了！

箭船借草，

射出一个个司马懿。

——

天使！

以及蒲公英种子常常跑到场外。

（一群杂耍演员之中的绿女儿，

挑衅幽默底线，

体育馆球形结构的玻璃屋顶下。

——

痴呆的

学名是共享，共享的

学名是风格，风格的学名是以怨报德，以怨报德的

学名是毁灭，毁灭的学名是恭喜，恭喜的

学名是绿女儿，绿女儿的

学名是不是

绿女儿？

（什么天使？痴呆的绿女儿！

撕下邮票，我们扔掉天台山来信。

天气

宇宙只让一只蟋蟀

　　享受它的浩瀚!

庄子拿颗花生深埋沙土。

那里,

一个女人合趴,

后臀闪耀默许灵光,

　(圆桌上,山在转移,丢下我们,

盘中旅馆倾倒,

月亮滚到地球底下。

中原地区乡村宗教考

蔬菜中的耶稣!

（蔬菜中气味强劲的耶稣啊。

我和你把葱钉上十字架，

在大白菜的肉体中。

在大白菜的肉体中乌云传教，他来了，

紫甘蓝文胸，土豆纽扣，

他来了，他来取名。

——

我和你垂落黄河之水的左右手，

不能握住的空间鲤鱼游过。

作戏

草台班子的汽灯……绿虎，

报幕员说："来自首都。"

她吃香的喝辣的，到这里受苦，

万人迷（"为男人民服务。"

舔舔利爪，绿虎喜色之中，

夹杂羞涩（她把一条腿贴紧身体，

掰过头顶，白鸦落上脚趾，

神态庄重，啄食缝隙的热度，

不像啄木鸟经常脑震荡。

绿虎下面，一点点撕开"全世界，

（会不会失血而亡？无产者联合起来"，

像小学生撕一张纸。

它没有血。它是白纸，

绿虎的头被自己的腿享乐，

飞进脑海的白鸦天尽头覆舟，

（师傅放荡，不教防身术。

扔掉斗篷……绿虎跃入清静，

远离是非之地。作为天子脚下的宠物，

已经失宠。现在宠幸火球：

两个洞，显眼，如熊猫。

孤独

草的襁褓里，

家猫的眼睛山葵、

天青石。

草的襁褓里野兔的眼睛红螺寺、

云母、芥子。

风的襁褓里草的眼睛碧草、白草、荒草。

宇宙的襁褓里我们的眼睛——

哭叫，寻找星球乳头，

没有应答母亲。

（草的襁褓里渺无人迹。

激动的心情

小冰河出现家门口。

人类还有夏天，哪怕是一个部位：

我们热得发抖。

霉斑

1.

没有敲开，这核桃，

可以珍藏爱因斯坦大脑，

从此处逃逸。

2.

连滚带爬，延迟，

而体面物种记忆。

3.

（密封豌豆舱，

绿松石一样现世：

三位卵子。

4.

伟大思想配送着……不朽精液?

5.

而灭绝,

这太空家务事。

6.

假如复活,

旧地重游,

将, 多么无望的打击!

多么无望。

7.

（我收到你送来的云片糕，

核桃仁被切出琥珀之心；

仿佛从此处逃逸——入土为安，

一如旧地重游。

太空计划

严肃，古板，这时的

　　浓荫，镂刻简洁，

一个洞天，紧缩。

树，正树立，

不走样，

笔挺，

似乎来自我们的血强打精神，

倒叙原版气候。

平铺——蝉声忽明忽暗，

明暗之中，这时的

　　南北统一，洞天之外，

好处是没有其他好去处。

圣迹

胭脂显灵吧!

胭脂显灵!

过激的事激起她的善,

过激的事激起他的恶,

宽汤,

窄汤,

穿衣脱衣之间,

一年过,

就这么去。

躺在地上崇拜的眼皮,

带着鱼目烧焦的圣迹。

胭脂显灵吧!

胭脂显灵!

大碗冷冷的鸡血,

"胭脂显灵了。"

情感教育

失手打翻——这一盘菜，

他点的

　　　佳肴。当着他面，

她把江山扫作一堆，

换个盘子装上：

"用餐的都是贵族，乘着马车来，

鞋子不脏。"

他公民教训她公民性，

"要，要受惩罚！"

从耳朵，她掏出鞭子，

乖乖趴上窗台，

好像一副玩具做成马鞍，

她一手把鞭子递他，

一手指明抽打方向。

昙花（的慢镜头

米（米（米（米撕成家族，

饭在锅中，饭在锅中酣（酣睡，

拖来青山，

讨伐（伐（伐出菜市口，

墙（墙角，夕照寺吐丝（丝丝丝丝丝丝丝丝丝丝丝丝丝丝丝丝丝丝丝，

吐入人海摇，摇（摇身就是云母，

堆（堆堆雪人生于去年桐落（落落落——

故溪上，上，

上好的水流回去年（年（年年，

又是一年，

雪人簇拥云、云母，

孕育冬天的少女吐出蚕，

凄凄蚕蚕（蚕，作茧自缚，

白屋吐（吐（吐（吐（吐（吐出炊烟，

饭从锅中站起，高（高声叫喊！

"一分钟杀头之痛，慢为百年。"

146

沉寂

"绿色大眼睛的姑娘"（萨蒂,

他对苦难的形容。而暴风雪属于俄罗斯天赋。

在"绿色大眼睛的姑娘"胸口,

插入 4'33",然后,

高寿灰地坛,

流出两滴琉球（一样稠浓的胶水,

到大运河:

一部分泥沙烂掉,

一部分泥沙成船,孤傲地粘贴河面。由于种种现实压力,

他放弃这个教会,

（教会自己下流——

到海。

"沉寂"！努力工作的最好报酬：

（弹奏桑田，休止符刚剥开，

在"绿色大眼睛的姑娘"胸口。

你的肤浅，那么高妙。

葱

啊呀，对，北豆腐，

插入雪的场景小葱高深。

晚餐就是瓶底明天——

掉进瓶颈。你的身体一早就那么肥厚，

不能自拔。

吠月女伴

兔子是个大导演。

西一块绿记忆。

鸭脚

闯入

歌剧，

这个高音鼠标，

躺在九成新的屏幕截图，

打开，

剪掉你。

"咔嚓！"之所以，

之所以，

咳嗽，

哼哈，版本在乱世

飞机

擦过她

问心无愧的梳子

把一本书梳理成长江，

校订完东一块红，

坐怀不乱，

乘客兴致

吴刚躲在鬼鬼祟祟的桂树

影院，

把嫦娥倒过来，

又看一遍。

勃勃之所以，

急速翻山越岭，

放生池要了因为相信打造的佳人，一只猫，

混合物中不留血。

为水，人类舔着上嘴唇，

那里的脚步声，

拉扯磁带，

月亮上，

兔子是个大导演，

小心翼翼不踩到地球。

吃素女伴

一圈树皮。

会算命女人夹在腋下，

"很郊区的

感觉"，都能，

找到一圈、

一圈树皮。

一缕一缕假发礼让你，

手套之中蜘蛛毛毯披挂常春藤

小屋，

受伤（毛糙的树荫。

田野掉头，

磨损的一个人撕开草垛，

儿子和蝌蚪瓶底论道，

擦拭

安装两节电池的

下部，身体慢慢成形，

出卖卷心菜，

在她

早算到庞大蝴蝶的墨水瓶，

它的蛹——拉黑的一只墨水瓶里，

藏着一张一张沉冤

沉冤的羊皮。

控诉猪的长相。

锥形女伴

一罐罐生殖之蜜瓶口缠着黑发。

开始发绿，

泡进梨形旋转体，已经发绿（一座小树林，

越来越正常，直到生根

发芽，

她的手技艺精湛，

禁止遥握人道主义

的录像带。抄袭星期天集市，

混帐篷的树干底下，

越来越正常的

火柴掐去圆柱形胜地，摆放整齐，

压住一肚子火，"炸药"，

锥形的水攀上忘形，

这无用的生殖之蜜，

眺望门，关上。

切开的不正常中，

圆滚滚鸡蛋黄。

这朝代，

风在风中迷失方向！

她的手遥握人道，

越来越尖，

锥形的水攀上

圆滚滚生殖之蜜，

抄袭了帐篷。树干底下，

一罐罐黑发。

"中国英雄，

不杀掉一个女人，

是成不了英雄的。武松杀嫂，

石秀无嫂可杀，

就杀朋友太太。"

猫眼女伴

就餐媚骨，也可入药之

浅见，

汤料

探底——鸸鹋捕食米老鼠、

大白兔，

工业在你领口

袖手旁观。

美洲最古老的居民红种人去了哪儿？

在丛林遭遇

战

形成蘑菇

云和泡泡糖，

一个又一个泡泡跑马

卖解。

你的技艺呢？

你的乔其纱呢？

你的石沉

大海呢？树篱选秀，超过人类

身高——你去了哪儿?

黄金时段的私

生活。

后满洲里颂

榫头松了，木楔子，木楔子，加个木楔子。

他照镜子，用镜子决一雄雌，

满载而归的来——满洲里毛片。

西行漫记雪、雪，盐汽水戏迷修仙，

满载而归的同归于尽——太平天国里外语。

西行漫记盐汽水，焰口，秧歌队渔民。

西行的戏迷满载而归，

他照镜子，用镜子决一雄雌，加个木楔子。

榫头松了，满载而归的来——

来，同归于尽：雪，戏迷，毛片，外语，

太平天国加个木楔子，

印堂加个红小兵。他照镜子。

你草台班子里的虹……

！所以一段深情然后杀青，

入主中原的桤木……

谁能登上桃山？粉红峰巅。

想着人世悲惨，

经历不多，

我速滑七巧板，

麦浪起伏，

意料之外的郁郁头发与髹。白饭墙头，

兵马，

晚霞，

洒狗血，

（你草台班子里的虹，你口交，

你狂吠，

这里活着生活。

粉红峰巅，黑（跃跃枝条间，

不但而且的启蒙运动——麦浪起伏，

我速滑七巧板，

参加亡灵们的雅集因为！

起先一些信徒出入……

这幢建筑忽然旧，

在瓜子和脸之间抽签，

单质的地区佳丽，

蜂蜜一样流拍，

起先一些信徒出入，

后来有人办公，

白色的，红色的，灰色的，

极其写实。

有过一次火灾。

这幢建筑忽然新，

有人在那个房间出生，

更多的，汨汨汨汨，

过道里死去。

碰壁之上——绘着俄罗斯风格的水粉画，

一些信徒出入裂隙，

买卖底片，

后来白色的，红色的，灰色的，

蜡烛（极其写实。

有过一次两个人在储藏室熬夜。

面对事件的手电筒。

打翻了！

孑遗生物那个房间出生，

更多的例题过道里。

两个人储藏爱情与革命，在环形。

面对打翻了的手电筒。

！

幻视墨水形成丘壑。

无诗歌

同时，水泥地上，

遥远的几条街，

西藏人说不出的高度，

接连不断地——

换上我。

不，"换一个我"。

经过神情黯淡的……

经过神情黯淡，

哗啦啦鼓翼，绕着公园，

轻飞，两匹马拉着——

穿衣镜中一座水塔，

绕着比舞台更大的空箩筐，

哗啦啦两匹马的红腰，

那里钻出。

拉着比舞台更大的空箩筐，

经过神情黯淡的穿衣镜（轻飞的两匹马，

和经常颠簸它们的地舆，

那里钻出，

轻飞。

一只白色癞蛤蟆……

点在一条界线（上中下的褶皱之间，

穿孔，

折叠过后，

对齐深邃一只白色

癞蛤蟆白洞，

吐掉来不及进入的同房兄弟，

身材伟岸，

珍珠疙瘩足以颠覆

一家之言。

支流取得那个国家

给予的居留权。

我们在那里：大运河上往来古训……

他们与他妈，

抓蝌蚪。

城市回放农田中的独木桥，

一只白色癞蛤蟆轻如气球，

或许更像你（丢在外面的皮。

我们在那里：丢在外面。

颠覆居留权。他们与他抓革命。

傍晚，郊区天空明亮，

明亮的绿女儿，

用十字架装饰三点在一条界线上，

中下的穿孔折叠过来不及进入的一家：

古训褶皱间一只白色癞蛤蟆，

吐掉珍珠疙瘩。

我们丢在外面，

点线对齐那个国家，

一家之言用一只白色

癞蛤蟆白洞

文饰语言胸。

高山

用两只耳朵速滑，兔子！

不慎掉落的眉睫，

长成大堆阴影儿女。

（在冰河表面——划痕简洁，

居然有这么简洁的高山。

打酱油

最后不食而死。

田野埋下多少种子——这些地雷？

毛丫头光滑得手中掉下：

米，炸弹。

给苍白的什锦饼干，火烧云，

这油乎乎的动物园，

复兴文艺（复兴细部：太阳润色兔子的软

耳朵

在灌木丛安装

碗，

雷达。潜艇节录被侮辱的诗人海！

诗，

从没让我受苦。

我的，

你们的，

即使有关灾难之诗，

也比床上女人，

糖分高。

（即使静如止水之诗，

也比高潮——

多一个浪头！

（即使狂怒，

也有喜悦！

因为把夸张避免。

而小虾制成指手画脚的卖好酱油。

三段式

给行动一个主人……空无人间！

麦子绑在田野，

被砍去占卜者的未来之头。

斜坡追捕绵羊，划花船，

选举餐桌另一头性情暴虐的太阳，

红酒喝彩，打翻——白靶，人心，

可以盐渍的水石盆景。

服毒的盛宴耳朵率先告辞；

耳环这遗言执行者，

消失于阴郁的职业，在诗中。

（绿绸裤上，丝苟且合唱，

即使冷淡丁字路也被住口，

打翻的云浩劫桑园中，

人挺立在指尖射出大腿——支持地心说。

执拗的膝盖处理颤抖，空无人间遗产：

两座房子（一座天堂或者水塔；一座地狱或者铁塔。

星球跟随一滴泪滚到手背，

他在衣服上擦去头遍鸡叫。

领回！专长之矛见证菜刀水果刀从良。

沿着我国道路，手推车，

阴郁的职业在诗中，同步消失，

盲者摸到一双双红缎鞋。

在落叶之家赤脚，

往高处走，群山险峻的河岸阻挡蓝天。

——

麦子绑在田野，

餐桌另一头：

喝彩。

打白靶，盐渍绿绸裤，

丝在冷淡的桑园中支持思凡。

专长之矛——星球跟随头遍鸡叫，

领回我国道路。

一双双红缎鞋赤脚，

往落叶之家走，占卜者追捕未来之头，

绵羊阻挡蓝天。

赤脚，摸到一双双红缎鞋。

——

给主人一个人间！

绑在田野被砍去占卜者的未来之头，

另一头：水石盆景中，

指尖射出大腿——处理颤抖。

空无的遗产：

两座房子跟随手背，

他在衣服上擦去我国道路。

诗摸到一双双红缎鞋。

在落叶之家赤脚，

往高处走，麦子绑在餐桌，

喝彩。

头遍鸡叫领回绿绸裤。

人挺立在指尖射出大腿，

两座房子（一座水塔；一座铁塔。

往高处走，群山险峻的河岸阻挡遗言执行者。

鲤

在鲤鱼身体，

走多远，

要到哪儿？

要走多远到哪儿才能找到滚圆界石？

开学仪式孔子做错一件事，

他立下，

这块界石，灌满空气。

我要走多远，

才能不是我？

孔子有没有没看见孔子？

额头（两只滚圆眼睛，

分头盛装，

一条鲤鱼的鱼头；

鱼尾，

突然切掉身体。

汉语洞

下着雨，走很多路，去看洞，

阴险，怪石嶙峋，灯光俗气的打扮，

突然全黑，只有一只小灯泡，

一种矮小果肉⋯⋯

还有什么可食？是吧？

你要我种植一种矮小中国树木，

深刻核内有个仙人，

受欢迎记号、伤疤，受欢迎，

什么？

　（软而多汁，蝙蝠在我带绒毛的皮黄里泛红，

受欢迎桃红色，受欢迎导引，

让我们出来让它来，

黑发背后穿刺桃红色短裤，

其实第一次席卷了回忆，

呃，逗留洞中因为它是好果子。

必须先把询问（每每当作展示。

于是，

一种矮小果肉，黄色，

导致这里全黑，

幼稚，狂热、冷漠又权威，

只有一只小灯泡，

汉语中有个词。

下着雨，走很多路，

冒犯——汉语中有个洞。

无诗歌

敛迹，草丛有纺织娘，

她拍死蚊子，

虏获邻居的血。

（绿豆哦你，

初秋月，绿豆哦你。

这个卵生小世界，

丢下地球⋯⋯

蝉声丢下夜晚，蛙鸣丢下白昼，

一首诗丢下我，

粘住鞋跟，

响着，细细碎碎。

草丛有纺织娘，敛迹，

它在等我们过去，

然后编排。

无诗歌

是什么？瞌睡中，

一阵虫鸣，

又一阵……渴望——

入住。稻花香里，

翻转掉进盆底的

瓦房。

（师傅栽培的黑郁金香透明，从井底，

爬出，

按下，

一个个红

手印。

是什么？

爆炸是

什么？

拜伦的餐桌

背靠背，板凳就有梯子爬到云上，

告诉他们，

"是"，

"不是"，

少了一条胡同北方空中。

爪牙的月亮，

蒙着黑布，

手指揭开日常烦恼，

正在提纯——思无邪！思无邪！思无邪！

有人下来，

北方空中少了一条胡同。

有人结晶，自称是你；

在我这里，除非天才不用洗碗！

发明

我发明了垃圾堆。

——

多少有点激动人心，

贫困之中，

终于，不断更新的人造景观。

——

我发明了照相机。

小镇上的人们，

尤其女性，总能把自己，

搞得模糊。

他眺望屋后的游泳池——

我从不下水。

———

月亮傲慢地站在地球头上，

沉默不语，玉米地挖到一颗金木水火土豆，

作为传家宝秘而不宣。

用照片，保存你们家族遗训。

———

心，是个倒立的圆锥体，

勇敢地出手，

扶住它，

小巧玲珑，针脚豁兔在院子里，

裹着蛋清。

又见：

模模糊糊林荫道庄严地通向真理之名。

——

我发明了垃圾堆，

用不朽。

（远比人类不朽。

人类奉献给太阳一本影集。

末日，

蟑螂眺望屋后垃圾堆：

杰作留下的山。

——

我发明照相机孩子，

小镇上快乐的声音。

我发明照相机镜头，

用看不见的地平线，

用肥皂。另外，我有几近失传的手艺，

并以此为生：

能把一个人捆成十字架。

言桥

没有改变的斗

笠与蓑衣，警，幻，微，茫

达观

打不到鱼。从高空

看，如果看见——

一只碗（仿佛敏感

词。已经

很文化。两个

发髻

挑着担，出卖

字头？又是

一年在语言之上，

孤单，但

打不到影子。

站在这里！

隔河三尺一村，

屋顶六月，雪

晓得风声，

麻姑碧爪绝代

无顺序。

因为太空，

回头也不见，再说，

笑里藏好鱼竿，

藏好不知（过桥没有？它

四四方方，没有

侧面树梢上的网像块

水稻田，

喜鹊露出"不"

的脸，为人

报信，

划到我们右边

的左岸，

竖起来有篮球场

低调在乡下，县城里看得见海，

毛线狗第一次吃到

对虾，是逮鸟玩的星星，

形成点心。姓名没有改变，

但鱼从高空看，

它四四方方，

没有侧面，看得见海，

如果看见——已经很文

化了。又是一年在语言

之上隔河

风声，屋顶藏好水

稻田，

"不"划到我们右边，

篮球场在乡下是逮鸟玩的敏感词，

形成。姓名没有改变脸，

它四四方方，

打鱼，

打影子。

无诗歌

高潮中间，各自享受各自的黑暗，

永远——永远个体。

做工考究，重叠三层白色，

  （世界是座凉亭。

无诗歌

月亮升高的时候，

这里过去了一年。

剪影

起点是山巅。

暴戾的书中淤泥今晚到站。

预估黑的身世，
认认门，快步。

一条线这里制造默然。

越过。

飞起。

水一样越过口碑与柏林，飞起，
辜负。

起点塞满身世?
被白的一条线制造，

水一样这里制造起点：

即颂——

即颂默然。

白玉兰

宛如。佛龛

之中

回旋的曙光

芭蕉阴翳身下

几双跑远赤脚

心象浩瀚，升起

磨砺一空的

贝壳

从灰坑

挣脱血海、岱赭外衣、食古

不化黄土

一根手指参差一排浅葱

模模糊糊街巷

银耳

头遍鸡叫和好面粉

水调成了群青

山

稀薄无乘客

日轮

坐进黑摇篮

母亲，母亲是青草，围绕道路生长。

——

被折枝（只能是

菩萨

造化的这朵

白玉兰。

两说

乌鸦，

焚烧后留下木炭……我们捡起，

墙上写字；有天赋的人，

画一条：

游入地道一条，

有天赋的人有鲸鱼。

（疯子不会兴风作浪，

不会"到此一游"。

——

（中国西北园林考）

砖墙拙厚，凉亭造得土气，

小拱桥直抵胖妇人腰身，

不幸有打动我的生活。

童年

活过——他的年纪……

在一个时空相见，

他会喊我"叔叔"。

作为交换？智力上，

我停留他的七岁；

至于待人接物，

"更是自愧不如"。

有种善意弄人，里面，

让大家安心。

月亮

真不需要放下什么。

没有什么。从不知道树丛有美丽阴影，

月亮甚至是害怕的。

安神

公鸡找石头，

找到一块，

扔一块。

最先找到喉咙里的石头，最先扔出。

它找到尾巴里的石头，

拿走，尾巴就像跳高运动员一阵猛跑，

忽然在围观的人群中举起一杆秤——

一边轻于鸿毛，一边重于泰山。

金爪伏贴地上；

它把膝盖间的石头扔掉，

现在，

瘫痪那里。

扔出的石头纷纷回来。回来祭祖，

像是愈合。

"砸死自己。""公鸡要在巨石阵里安神，

而不是蛋中。"

碰瓷

这里有一头白色泥牛。

机敏如水磨（滑镜：

杯中物化，气化，

乱象地处无数——花瓶中国，

无人登临楼台青釉……

轻手轻脚而重新历史，

纸背面，咖啡店伙计会说景德语，

满足我们喝茶的玻璃杯！

（躺椅高头陪绑的含糖量，

深入水库，朝什么——

鞠躬，长途跋涉，

却只有故乡与他乡。"他乡愁"，

一粒尘埃中的业主，聪明让人原谅。

原谅了他的渔翁。

（我来安排午后工作，

每个拐角有她忡愀位置，

在学生食堂钓到鲫鱼，

朝什么鞠躬，荡涤礼器……

"礼器"。如此喧嚣、浮夸，

死无葬身之地，

但有一个秘阁，像是胸脯。

衣冠冢，

禽兽坟，

墓在虚空的圆坛像是假死……

于是手——熄灭。

倦战胜人间——身高。

有儿子家庭，

受罪力度大于受伤，

飞行的胡萝卜，

它流血，

淹没两地（你能精确记录：

并入其中狂喜，

过去是赝品，身高，

高过当代写真，

想再要一个女儿。

不费吹灰之力，

眼球点黑官窑，年代床底四脚朝天，

槐树枝尖锐而光。

吹灰之力纤长的鹰，

爪在十月稻田，

完成群鸟变色的审美！

（抱住，她抱住猴子，

吞下高岭土……

虚空会旋转，

尘封年久失修，

从惊讶于日夜的将军罐，

捧出数量——最后在作坊消失，

仿佛神，不留神迹……

（瓷娃娃说起水池，

他是游泳的黑白格中的政治家，

智慧、自负而愚蠢。

我与他并无芥蒂，

他阴暗的心理确实搅浑池水。

马头

是用苹果削成的，

陡峭的颧骨，留下，

苹果皮的鲜绿，

额头也有小块鲜绿的苹果皮，

侧身，半壁已削掉，

写出一长溜遗迹，

故意的疏忽，

像尺骨，清空穿戴整齐白袜，

悲哀从没有晚饭，

走在草地享受树干寂静，

（证明！证明非人类，

这个床单一样的谦虚之地，

游乐于两座院子里的鹅卵石行径，

生长到矮——

而诸位玄虚，

而实物会如奶牛乳突冒烟，挥霍高度，

而距离不计成本，所知甚少，

棚顶全是别人家雪，

往返取消，

圆，

被束腰，

抹胸——降临，是用土豆削成的，

暮色之中，"马头"，

它能忍受先驱的阴暗。

仙境

话说当年东洋人垄断了铁路。

一只蒲鞋里，

男女划船，男女逃难，

夜来大国私奔，床裸肝胆。

我们来世界就为盗汗，

它的肩胛骨——姓名下面：

伏羲有一腿，踢出梅花，

扭转冰天。雪地扭转——

高速公路。一条痉挛羊肠小道，

布景出将，晃走劲松，

雄鹰高耸肩胛骨。

（多单薄，搓搓点心，

搓搓前辈，他说"随便给"。

我给她一根树枝，剥削成枪，

回去干掉村长，干掉平原。

鲜花开满仙境认祖归宗。

青春期

一条胳膊折断：

绿叶：

独奏的血。你的阴郁我用来纳凉。

（对岸，

房子挤成一堆，

很多时候，这里垃圾足不出户，

轰鸣于青石桥耳，聋燕子穿着粉红三角裤，

作为天气，财富预报魂飞，

两根手指间的世界，

叉在半空的傍晚日落以前凯旋，

穿着粉红，两根手指间的黑白世界，

压平水，

独奏的血压平水，

洋溢，逃难，向四处，

柳荫魄散，看不见城外，

河床压着我与照片上本我。

青春期永恒，

这里垃圾没有葬身之地，

他短暂。

一景垂垂老矣，

郁郁葱葱。在窗台，它低吼。

（我用来纳凉——

你的阴郁。

合作

在吃草，海在吃草。

悬崖，

摩挲一块肉。猴子下水，

道路平坦，让人不怀好意。

这里！寂寞完成这里。

依稀辨认使命，

河，无所顾忌，

灌满海的鼻孔。

（"在北方，要写风景诗，很难。"

（"拍风景照，

镜头里画面惊人，

回去一看，

美德不在这里。"

——

在吃草，海在吃草，

一直吃着窝边草：

"寂寞作为修饰的美德，

北方的海的确羞涩。"

左耳朵

左耳朵里现世，

右耳朵里梦。

大家把雷声当作聋子。

我看到的乌云，

出手不凡，

在袖口。

花山

我以为我去过爱尔兰。

但不能确定——

犹豫中，到达的时候已经傍晚，

金色铺满像是发泄。

道路，

能够倾斜，

倾斜到陌生人家厨房里。

（苔藓，垂落的天线。

从旅游大巴下来，夏天，

站上酒店台阶，

一下看到大海，海面推脱白浪，

仿佛冰箱解冻。

聚集盆底的苦逼，

骑着自行车海水一圈圈盆口追逐，

女学生模样的鸥鹭跳下后座，

扶着自己的翅膀走路。

我以为我去过爱尔兰，

一下看到大海，

推脱过去，

在花山，也有如此惊喜。

盆景

她攀爬，山顶翘出晨曦——

奶油高跟鞋，

小腿上蚂蚁到家，

就从树林，

往外赶：股股甘泉找到守旧的替罪羊，

双角一只做成军号，

集合，人群!

集合，地底的人群，

他们交合，隧道里绘满壁画：

扫帚星去寺院做义工；

大头娃娃，

这个命好的大头娃娃挥舞皮鞭，

母亲苦笑着套起父亲面具，

假装神仙出现。

仿佛

（投我以木瓜……）

仿佛抱于怀中，

弹弹下巴，

碰碰她发溲的肚脐眼。

南方新奇的瓜果在北方大雪纷飞。

它开始融化，

也可能结冰。保存

　　翡翠实力（一支南美球队，

技艺高超，

但总输给灰色的德国天气。

另一半患上相思病。

时光攻城，高筑的堡垒肉质坚厚，

无奈烙下红豆、赭石

　　与蹄印，

斑斑驳驳积多了墨，

（宾虹晚年山水。

万古。茶水变凉。我捧手上，

比一个孩子要重。

弥漫夏天头发里的汗味。

云南某县城的风力发电机

高高山上，站立一个个护士，

她们白净控制了我们。

强烈的性欲，让胸脯地上攀爬，

臀部空中修正划出的轨迹。

如鲜艳的珍禽花束被改道拆散，

归鸟死于风力合谋。

急躁的电波突然——涌入两只暗袜：

"词语从头到脚震颤。"

生气蓬勃

丑陋！邪恶！鳄鱼，

……知道的，更为深入。

如果有地狱，大概都是污水，

哪里可以洗手？

打滚，打滚。污水之中，

河马和鸳鸯，庞大的建筑，精致的小摆设。

这是第一次，我的童年。

（艰难地进化。

她旁若无人，猴山背后，骑着一匹绿马，

尿在绿马绸缎做的鞍上。

……肚皮，

仿佛日出。

——

大红耳，

巨大，

它不听话。

食言的大红耳——夏草，枯河，

骑着卵石。

（朝她苍白胳膊，

输玫瑰花。

他们用大大小小的小人物，

进出血宫。

像块布，一把抓手中。

——

（波光粼粼，艰难地进化。

她旁若无人，

污水之中打滚的肚皮，

仿佛日出。

炼金术

麻雀山上有块绿斑，

她说，"要和他见面。"

也只有梦中，我和你见面，

列宁装好像邻居家继母，

卡在外祖父遗照之中。

（脏兮兮地说，

神经兮兮地说，

"应梦名山。"

喷气式飞机颂

这里没有纳粹，这里没有红卫兵，

雪下得很大，一个冬天没有洗澡的细皮嫩肉。

河北，沙皇脚印像马粪。

——

窨井盖，洪炉，冒泡梁山，可以，可以，

旋转。抽打资本家，滚出本家；

抽打本家，滚出家。

——

臭虫（额头做客我国好汉，

记不清了，条形码陀螺，嗡嗡，嗡嗡，他说：

"喷气式飞机往外喷着加急牛奶。"

东渡

康熙的明朝，朱子在西湖写诗，以及，

歌德的希腊观。

三个黄昏口齿不清逐渐湮灭，

等待前往牌局领取方块的青牛。

而我对地球的乡愁仅此一点。

羊角摆满广场，

恰似人类粪便。

……羊角歪曲的硬纸盒中蝉蜕片片白浪。

恰似叠罗汉！

命的度数之高——

被龙卷风选址半空的昙花庵，

垮塌白浪，

垮塌白浪你们好颜色。

（还乡，还乡，出生地倾覆，

我们幸运航行中的客轮上，

并鉴真秘密：

羊角摆满广场，外星人喜欢食鱼。

太阳

太阳在天上升起；

墓碑在地上升起；

大风中一根绳子，

发出喜鹊的叫声。

鲵鱼

金色鲵鱼吹响
军号，枯坐世道的鸡
巴望黑
松林，对新世界初来乍到的
野蛮，它应卯。

对它
野蛮，有个少年终于长大
成人（读物质，读文绉绉鲵
鱼，稠黏的皮，族长分配
我们：长得丑是种福利。

荡漾部分向我们致敬

你突然看到一块淡绿色腐乳。

房子，庄严的房子，

人类回来而房子庄严，

因为庄严之所以饥饿。问候！

让双手着火，

这有毒礼物。一块因为淡绿色腐乳，

村口夜里变得空气轻逸，游动。

干草垛上，

上升活蛋，会把月亮啄破。

活的蛋，有所克制。

（白煮蛋只能死磕，

桌子一角，听到回声定居对咳嗽药上瘾的

　　中世纪，不是年代，那幅画真像咳嗽药水，

起立棕色瓶内。荡漾部分向我们致敬。

缓缓抬高的雾，地上，

伤痕累累一块淡绿色腐乳，

变得轻逸，游动。

大运河边的苏州动物园

（他们在波的蓝耳馆喂奶，

而我徘徊，关着普式庚笼子，张着所有帆。

——

两个海洋之间晚霞，

西瓜皮上的乞丐，

穿戴如锦衣卫。

象牙筷越过长颈鹿在手上伸出脖子，

道路拐弯。

丑女人指指点点我的航船。

无诗歌

流光苦绿的

河也只能

一瞬。

天理豪放，

凌乱乌云。

骨头，青草，渐渐建立，

"此地记忆"——婆娑着青草。

一个，没有一个合法：

潜藏海面的肃静。

——

推论上山，青草从大地毕业。

肃静。

无诗歌

装满这面镜子然后，埋进那面镜子。

那面镜子在另一面镜子上是个斑点。

"大雪。"

酿造，蜜在经验中，

"特写雪。"

西园四章

某处：

某在斯，和一碗饭，

同时修道。

某处：

一碗饭升天，最后，

碗，留在天堂。

某处：

无依无靠的饭，

下凡。

某处：

我们熟睡时候，

某在斯，下雪。

"乐观地"

左右河浩荡左右，

没有人类时刻，

我们喝水，

如健谈。

健谈如此，

我们喝水，发出卷舌音；

环视对岸糊口的乳房，

发出响声。

多么侥幸！"感谢谁？"

自以为是偏执中、编队中，

在午睡，在仿佛，

在沉默。

左右，河对答。

流向广阔空腹都在梦境，

突然闭嘴。这里闭嘴，没有沉默；

喝水，我们如健谈。

收集口红的苹果树

因为庞大在废墟中，

总能找到小小的，一枚、精巧现实：

我们的邻居。

油菜地，湖面，

粉绿波浪，

外星人房子造这里。

岸上，摇着空瓶：

"八仙桌前椅子的族群旷课，

跑到外面，匪夷所思……"

尘埃陪伴尘埃，背景偏袒，

收集口红的苹果树，

刮风之际偶尔掉下少女。

泽泻，紫竹，黑松林，银杏：

不共戴天林中空地。白帆的钉子；水闸；烟囱，炊烟它突然想起。

童年在短暂乡村，

一只小板凳坐上椅子，背后，

确有其人。有时鸡飞蛋打！

无诗歌

痛是幻觉。止痛是幻觉中的幻觉。

白床单上的银幕：露天电影。

冷了，增加配角。

在痛的上面，

止痛造楼，

观景。美人绝迹，

"恐难平复"，

大地用药不当，

一船垂青收获蒜薹，后腰提线，

用来捆你和行散——镜子绿油油，

不照墙头灯笼之红。

殿下。幻觉中的幻觉依旧*丝丝*——

入扣：

沧桑之地，

从不准时，

"人心比钟表走得慢，

谁来结茧！"

苍蝇的人类童年

整整爪牙，抖抖翅膀，

从杯中捞出苍蝇。

然后漩涡追赶它不能复眼的圆心。

到了豌豆青青高度，

成为蜻蜓。

在晃动的链条上化作蜜蜂。

众生得道来信是甜的；

嘴里滚出软糖转动眼珠，

"出埃及"。

我吃过的好软糖来自埃及。

定要漂洋过海吗？

我打碎的铜镜照亮长安。

没几年"这条河会枯，

桥倒塌，三仙归洞。"

所有都因为——豌豆青青，

他们只是划划船，

晒晒太阳（而不能飞。

死铺满大地，

在晃动的公路上化作：

曾经有个男孩。

无诗歌

水在圣山袋子里，

养着好女儿；

林中男饱受树妖之苦；

迷路凉亭；大风卷走干脆茅草，

无抵达到此——

可言。可眼前徽道，

引申不多久，

遁入潮湿礼仪：

把牙膏挤完（轶事于洗脸盆，

如响水在圣山。

发白的皖北人江边卖鼠药。

月光底下，

水在圣山滚动凌乱的口语床单。

只看到，

黑夜饱受浓缩之苦。

无诗歌

席卷而来的阿弥陀佛。

从上而下的阿弥陀佛。

刻在墨汁中的佛，

胖乎乎，像两个扬州朋友。

宫娃歌

（仿连环画之二）

寒雀飘摇大腿居高不下，

荡下，吸收新思想，

从大腿，荡妇芦苇荡下。

荡下的，是荡妇臀部，

转战南北，抓紧，

白垩画出抱歉的——

记号，"哒哒哒"：

空洞。为防空洞，

解放像两位海岛女民兵，

听话，乳房拿给大家玩，

加上一条一条深挖的注释。

"向马恩列斯毛保证！"

一起追溯风头浪尖（时光进步的驳船，

不值得费神。

休洗红

（仿连环画之三）

祖传在鲜血塔，

好像女人，

梳妆台上拥有胭脂盒。

换代鲜血塔中，

攀登似乎空无通道，

会被放大，

门第的余地上堆积青苔。

祖传的风，小孩子，

追逐富足蟾蜍，

陷进密不透风水稻田。

花蚊喧嚣成群结队打卡者，

吓不倒小孩子阴茎，

祖传之物：

蓝天白云，

或许首先只有通过差异，

晴朗的时候，

最后才能把握类似。

只有蓝天。

无诗歌

刮来大群燕子，

小城简陋（抽搐的电线之上，

黏着一只又一只破烂纸袋，

纸袋中，装着剪刀。

古代中国一个惬意的下午

纸本。墨笔。山水。

无诗歌

你经过，

童年站在桥栏跳水。

经过宇宙烧焦的臭气，

星空——你们功成名就的孩子，

在这个光鲜垃圾堆，

我的景仰一旦问世，

漫无边际。

夜里，那些文化人谈论民国

黑色的船带来游人和动物，

四棵大树恍如出自电影镜头，

她的背影在她胸口。

无诗歌

会疼的脑袋，是好脑袋，

但还不够好，鲜花可以送人，

心给你飞鸟和地球，

它跳下缩小的脸。

窗外乡村公路，一条河，

流到床头，说笑过后，

掉入明朗的黑暗，

一脚踢到，捡起来看看。

胡桃颂

门后学徒——徒劳在种蟠桃，

感觉越来越好。

两条腿的宽度（距离，

还需要研究，

再往上抬，

我们就会游行气场，

被你抓在手上。

一颗胡桃成不了世界中心，

放回口袋，

旁征博引，

邀请大家树上跳下：

如此单纯，认定有人救他。

流浪猫颂

平安夜什么颜色？

一场雪，遗传学中变异，

别人家母亲，

一床血。

拔出冒泡钉子，孤儿

　　　堆成冰山，

堵塞要道，

中国仙人吐出桃核会掀起彩衣，

馒头的淡——忘

　　　记得

山河疑问，失策的风声课本，

涂满鹤唳，

可以防冷的国籍。

哦，城门口描红，

在折断——

居所。

绿裤子，

由于兴奋，兜中一团天气，

说起桑麻话。

（猫，你是耶稣！

无诗歌

河流要在自负的——比如某处，

河流要在某处枯竭！

求死之心不被看出。甚至，

一点也不古老。甚至，

飘逸。一点也不夸张，甚至，

口气儒雅。

无诗歌

起飞不久我看到下面：

她醒来，

围在身边的十九只猫削成铅笔，

床头寒凉，

麻雀是脑袋里的善行。

无诗歌

在强迫蓝的天空底下，在翠屏山上，

一株无人照管的向日葵，

向上扔着盘子。

装着——我想是奇怪。

那些有着白条纹的棺材，难道还不够奇怪吗？

你带来酸涩的苹果与黝黑的臂膀，

一起向上扔着。

无诗歌

内色颤动的——夜，

内色桃源，竹篙丢到对岸，

一朵花开，操练鲜艳……

然后，双语巨大的本我，

进入异族的桃、

异族的夜。

杜撰之年

原来这样，大青衣过关，他在黄河

    两岸贩布，是个杜

撰，

老虎下山。

傍晚过河，肩头的布哗变为土。

扛着野史，秉性，

他喜欢站着转交我们。

闪电没有过失足？它把邻居家梯子随身携带，

白天——"籍贯到我"……

割着对面，有人喊，高喊，

一住手，山川堆满，难以自知

    脸形之灰。男生新手上盘旋

    愁容满面的空心菜。堆满碧草，

恶人大度地热爱——洗刷

    雄心壮志

        群山远道而来的罪过。

一些云像方言。

一些尸骨像葵花籽。

一些新娘像我国农业。

一些尘世像珍稀动物。

一些母亲从来没有怀孕。

一些天才抓住垃圾。

一些人类是我。

——

自负之父，

把孩子徒劳地变成孩子。

五毒之年

无敬意，有关天，有关海，

骚体打开五毒

    俱全的雌黄窗帘；

门外汉信口门外，

继续门外变态水，水兮水兮，一只杯子，

有关激流，有关含沙，

楚，清清楚楚溺死杯底。

——

之外织物蛇，

棉花；

之外织物蜈蚣，

棉花；

之外织物癞蛤蟆，

棉花；

之外织物守宫，

棉花；

之外织物蝎，

棉花；

深入五毒——置身事外的胡蜂——悬针，

向温州人学习集资炒房；

而集刺采花都是玫瑰！

棉花灯光，棉花地火车开过时摇晃的雄黄，

它一摇，里面的人跟着晃，

里面的人早已死亡。

——

盛宴，一只鸡突然从鸡汤站起，

点头哈腰，连声说：

"对不起，对不起。"

我扫了 1963 年诗人们的兴。

无诗歌

他反身一跳，到不了自己的深度：
天空肤浅——上帝在经营游泳池。

光阴的故事

一条青蛇团结断桥，夏天，

一盘蚊香突如其来点燃，光阴中，

一寸一寸渗入键盘，青蛇成灰，

一只蚊子，明年会变许仙飞到这里。

无诗歌

遗像伪装为集体照。

太阳月亮为合影。

被一脚踢出相机——
当初找不到替身。

用尽苍白，蜡烛在宽容里，
做两条不折不扣手臂，手臂吧，
假想拥抱世界，
统统变成活蹦乱跳的火焰。

吹口气，历史长河竖得起的话，
不会垂泪到天明！
之际：集体照伪装为"这时代"碎片。
之际：我们生活为"那时代"，
海枯三次，石头没有烂过。

四边破坏如郊区木板棋盘

（四边破坏如郊区木板棋盘，

光临大烟囱，光临威严界河）。

（坐着，在马车夫位置，

动漫似的狂赶失忆马车）。

（挤在铁路旱桥阴沉、轰隆一侧）。

（要把打散的棋子，找回，

重组勾心斗角，要把马车夫人迹，

快递汴梁肉贩。此刻，

很难办到的恐怕，

棋盘骑上自己好斗之品格）。

（送去拍卖，如果，

不炫耀，所有华贵

臀部刻出一个"马"字

的意外，贵妇被草率圈阅。

这匹马树荫底下几乎乱真）。

无诗歌

一份即兴乐谱

许多年前。我有乡村生活，

打谷场，几个孩子玩，

一个玩着爸爸街上捡回的弹簧，

用力按下，手指突出……

一个敲着铁皮，声音强烈……

一个紧紧抱住爷爷骨灰盒不放，

因为另一个，

要在里面放只麻雀；

一个狠抓……抓住癞蛤蟆，一脚踩扁；

不和我们玩在一起的，你，

打谷场外面，两棵树间，

系上绳子，练习跳高，许多年前，

被绳子倒挂那里；更远一点是公路，是水泥电线杆，

有人躲进高音喇叭，

没有返青的田野，阵阵回荡：

突出……强烈……紧紧……狠抓……不要……不要……不

要……不要……要……要……要……要……大力……大力……大力……大力……深入……深入……深入……深入……还要……还要……还要……还要……

还要许多年后，

从绳子上下来。

——

（几个孩子玩）

一头黑夜，它的头，

没有大脑，一头——孩子冥冥，

爬进平底锅，

铲子画出乌有线，

刺耳的海岸，

似乎热气摇旗，

曙光纤维编织致命消息。

——

（两棵树间）

大脑在山地裸露，

泥土血污，

蹲在空气中的一盏灯，树下，

往外挤着白光，

裹住自己的毛毯，

拼命，融入血污泥土。

——

（更远一点是公路）

一条无尽头的公路。

三月。

祖国。

一条无尽头的公路，

我是这个感觉。

——

几个孩子玩，

两棵树间，

更远一点是公路。

太极

（往为"吧"，返为"唧"；太极有"吧唧"两点。）

"吧唧"。

无诗歌

处理流水的曾鲸，

从头喷火，

命运，显得特别当地。

……我处理天空，

指甲上，

伽蓝安立，群岛，

或者桃色穹顶……

沿着手影，

填海，

落入（特别

当地的）对岸。

椅背：镂烂楼兰——乌云。

无诗歌

（灌满赤裸的钢笔，

圣洁奶水）头遍鸡叫之际，

在居高临下的彩绘玻璃瓶中。

让诗人智力停留一周岁前吧，阿门！

饥饿

我坐后排看到：她开车在去年暮冬，

胡同几块雪屋顶暗处扔出；

夜气郁结，路边快速闪过天安门城楼，

这大铁锅里的：

一只煎蛋。

今天想起。今天——

暖气已停，

无风，春日阴寒。

小堡

今天，村里土路上大缸走运，

一侧落地，一侧虚悬，

兜住圈，在东，滚滚朝前。

天亮，缸沿一排古彩金鸡，

爪子外露剥去皮毛树根。

经过扇扇大门紧闭，几乎，

没有人气，样子信箱挂靠一人

                           高的地方，

水牛被投递树干光栅。

角色自重，一本书压着一本书，

叠起阴天气。

刮出半壁紫痧，前胸，

遗忘篮球队会背英语的彩玻璃。

窗口左右退隐，她伸入大缸，

红人再次出现，在天边，

两手平摊一株暗水花，

那么绘声绘色，刚刚拔出。

山海关

被甜坑害赤砂糖山剧集穿顶，这里战战兢兢，

不出声，瓮城，肃静如齐耳短发，紧贴北方——

的海，岛，海，岛，门洞逆光从相似处出走，

一支箭不急不慢跟在身后；季节追踪着燕子！

籍贯厨房

姜块垫底。形势。

飞在队伍前列。

开花腿粉碎。

——

钻进，脚下的鸡蛋，

拔丝生生不息，上笼蒸透出生地。

——

我们籍贯厨房。

——

灰尘改变了脸，

渐渐，

她的红颜——在刀刃聚集。

无诗歌

迎着光，把我推入记忆……

黄土绒面的长条桌上，移步，

波涛之中，挺身而出的石膏像。

倒时有声。

一个打满石膏的青草脚趾，

博览大海，倒时有声。

波涛之中，称作石膏像的——

一个打满石膏的青草脚趾。

旅馆

好像一段脱离的影片，

在旅馆漂浮。我的陈词触到银幕。

白天，它不复存在，

古城脊背竖起五六根厅柱……

异乡之家放电，夜：

这历史拿不到另外礼物；

床铺狭小，那个乌合众国不能关怀，

困了，累了，脚后跟模拟沙滩。

客户。给他们有效职位，

鞋袜不买的话，道路也未必现身。

我去找一只干净杯子，不小心，

发现棉被上茶色污渍——

一段影片，此刻回到银幕。

无诗歌

哎，无情物变化最快，

窗口一块白光，

拍打肚皮，树丛在青瓷与黄道之间修建外地，

叠着人，叠着罗汉，最后到来一个，

鸟窝前沿山路铺开屋顶。

蜂群，

蚁阵，

攒动天性里：

不朽污点……

被后院驱赶，堕入井中的急雨，

匹夫走进母马身体。

地板下——河水苍灰，看。

风景

已经,

耷拉,流过村子的款待之河,

马夹袋。

火红活塞,果园,

喷洒强光中,

轮番膜拜的漩涡方块,

农药在菜地残联。

划归的面容轻薄姣好,

削出绿卡,四边灰色平整,

鼎立于中毒状态。

已经,成为玩物扎紧的马夹袋,

三只五只,河边;

七七八八正向这里赶来。

无诗歌

萤火虫，一颗，一颗，一颗，

断线的珍珠，

摔在地上。

这些急形急状，

请——

不要死于非命；

请死于命。

一份旅行报告

1

隔墙自作聪明有人伤怀

断枝扫地廊里台风带来

积水倒影报恩塔戳穿倒

影，鲜花她们朵朵狂奔

于狂奔的马背底部有托

打造黄花梨查看我们行

话那样家具，碎步之网

事崇拜之盛开条条活鱼

伶牙俐齿咬住沦陷的银钩不放

"坚决不说"，

掘地三尺洁癖之巷不让

牛车通过自由贸易摊位

咬牙切齿咬牙切齿买卖
水果，

咸猪手，
金鱼，
囍糖，

番泻叶，
人造鹿茸，
鸡毛，

淡紫色无花果，
羽绒服，
宽带，

葱，
姜，
蒜盘，

乌骨机，

海鲜，

报刊，

春宫（以体重、质坚、表面光滑、断面灰绿或黄绿为佳），

鞋，

古老假币，

搅浑的清单遛狗

几乎和主人雷同。

整整一天恪守试点

照片上妙龄春红，冬虫夏草占领黄秋园。

出卖自己同时又把自

己买回头乃带头缠绕

的头套根作菜根草根

莫须有发髻。

2

江南人开始消亡，

华盖奥运之前，根据北风西风，

一年到头游戏，宴请，庆祝，

急躁的枉费心机"霉干菜对身体有益"，

这个最后的刺客，

倒挂马头，从底部观看，

如潮的她们鲜花一路抵达湖畔，

成为尖刻的竹丝扫帚，

成为公德，

那蓝色的湖，那蓝色无量的年代，

打扫干净，塑料药材簸箕，

好美，好贵，浮出鼻尖，

不与时偕，这教育的首要工作，报告！

江南人终于可以消亡了。

3

"坚决不说霉干菜对身体有益",

我一起念,湖上倒垮了风凉亭。

无诗歌

尘土上面雨水安详。

"他会尽力而为",

就像窗户挪用树声,

你知道谁能用一生才华侮辱——

我们故乡的猫头鹰?

立夏

立夏第二天，熊在床头出现。

不一会儿，

鱼回到水中。

从我后面，鼾声推波——

农历卧底的床单上，

暖流里起伏塔影，

薑汁噩梦坍塌；

泥土收藏家。

不一会儿，

鱼回到水中，

押下青花鳞片……

招贴画似的观音兜，就在刚才，

古城：教堂与厂区

　　高傲与滥造，剩下

一孔旧屋，

吹气新月若兰！

花丛中，夜空泄露，这轻微的响声，

多年以来，我的经验教训：

不与自己一般见识。

乌有乡

摘过桑葚，

放入干净琉璃瓶，

呜呜乌有乡里——

寺院惨白的善果，

低低告诉我：

"你看到桑树，

但非家。"

也有僧人下面打盹。

女施主跑来，

开悟自己：

"这是香椿。"

长度正好，

如果再长一点，

碰巧到黑夜。

无助之注（三条）

1

仿佛井，铤而走险的白杨，

深处拔出，

风吹得它四面皆水——

公园里瞬间的感激不能阻挡，

麻雀，

就这么一点！

2

欢叫着，河上，近似阳光的水渍。

3

我没有闭起这一只眼，

只是，我让这一只眼，

躺下。

两只斑点狗之歌

睡冰山，如果今天太热，睡吧，

要早睡。

灵魂需要空谈。

睡也是一角，

醒来，两只鸟，翅膀灰烬之中，

融化为水。

一旦醒来，终身融化为水，翅膀的耳朵，黑耳朵，不醒来。

所以不醒来。

——

眼药酸，

众人故园盛装，以为橘，

以为橄榄，

以为瓶中忧郁又一次打绿酱油。

以为忧郁。

以为结果，眼药站窗口，

借光方桌。女人苍冥的美貌之中预备酸，

不想打搅黄昏与食物，空谈之中平房之中，

欲望到褶皱，这个夏天灵魂纸折，

有两条腿，有白刃，有馒头，有黑耳朵，

有茉莉花，

被窄小的细阴刻线，

假想神精液——

丧魂落魄；

假想敌胡桃之中，骄傲地，

他说他梦见马克思。

欲望到褶皱，救生自由。

我无法打开命门。

花

仿佛家谱。

或许生殖之梯。

一盆花，父亲送来去年。

早晨到楼下取水，

院子的门，昨晚忘关。

我又看到——

这备忘的紫萼，是一架生殖之梯，

是一部家谱，空白墙前，

生机勃勃，没有虚无。这备忘的虚无感：

有人爬在上面：

爬出有限，一闪：

裂痕的光，一闪念。

海

你，不能书写让人明——

白。

软糖，明白的甜里，

融化某种炎热，

无法触及。制度定做的身体，格律，奴隶和诗，

一根黑色通风管：

钻进去历史，

吹出来，

找水喝，进入几个陷阱，

作家身后一堆茶杯，

拧掉盖子，抓起盗墓猴，

这么容易怀上下流果汁，

（茶杯间）它像领袖站在裙众之中，

你，不能书写让人明——

白。

这一首诗删除的部分：

海，用尘土编织着海，

不一定就是灰色的海。

一块铁板

一块山。

暴雨骑着村庄。

那一年梦见。

昨日阴天，邮政叫国家，
失信。

取消收到。

取消睡觉。

"宿命——宿舍革命，把床扔出去！"

测试气温，拿着体温表，
气象员梦见"天人合一"。

几十条流水，

哗哗哗地，好色之徒难以素描，

从一块山上，

青丝下来。

到了村庄，那些栀子花呀栀子花。

梦见气象员测试体温，

拿着棺材钉，所以，

理论上，我支持坏天气。

嘘

尖叫着的陨石上，

居然有人走动。

嘘，一群人。

极乐完蛋世界

极乐完蛋世界标题，

是非文字，

文字是非之中，

这梯！装饰性，

一个个湿润放映孔，

一个又一个漏洞，

叠罗汉，叠着上述罗汉。

停下快进，停，

女人洞口剪辑小孩，

让女人在洞口剪辑残疾的孩子，

不多回声，

不总与心灵有关，

牧人配音深奥，

洞口，羊角盘问，

交缠双行诗，

大地是占有阴影的斑点，

（只有这一行吗？）

没有对话，

你标题出现，

棒打圆桌丝茧，

棒打围坐圆桌边的丝茧，

惨叫吧，喜庆，

走红追不上草地起伏的呼吸，

剪掉指甲，

我才允许你抚摸，

人类的归宿，猴山，

洞口交于成群结队的妻妾，

身体断成鲜绿两截，流着树液，

直到淹没占有阴影的斑点，

孩子们，拿着斑点，

往宇宙窗玻璃上一阵猛砸，

极乐大地是占有阴影的极乐斑点。

结壳的蛋

困境中，一代，

竖起耳朵的蛋。

月亮上的碗，听到，

来自脆弱的圈内，

瞎眼的低语。

成人如此不易达成——

原谅孩子口径；

二环路上金黄风筝坠落。

吸引眼球机会（或者机会主义）城头，

被流言拿走影响，

走到白塔附近，我才捡到衣钵，

剪纸一般结壳。

就是假的。

台北馥敦，复北馆，505

我被房间一角

　　　　刷牙声

惊醒。后来，放下抽水马桶垫盖的声音。

伸手，她存在，她于右侧沉睡——

后来，冲水声。

早晨，一盏灯下

　　　　我突然毛骨悚然——

镜子，

有时它会想起以前的客人。

九层塔

"嘀嗒"。

九层————塔里：原住民用纱布裹住塔。

八层————而海平面：时辰不满的某一年。

七层————裹住，消失的手裹住眼球，绞出。

六层————云朵里几次翻身的天空，棉被落雪。

五层————木鸡霜降，人神交配鱼群聚集的山头。

四层————顶上的瓦，仿佛震怒，很快就到第三层。

三层————近乎恶毒美，才能挤歪水稻田压到大多数……

二层————本命于何层？一层藿香的命，一层茴香的命。

"嘀嗒"。

一层————第一层知识"噗通"掉下之弦：共同挥霍！
不要这么高，不要第一层。

时辰不满的某一年，
绞出————
"嘀嗒"鱼群：
一层海鲜与幻想的命，一层呼吸与获悉的命。

（我们的命：我们听到的消息。

北京

在喧嚣、粗俗的小酒馆里，
你轻声：谈吐文雅是种罪。

北京二

文庙，兜风的柏树不在。

这里——她拯救自己的诗。

与心有关，

柏树就会喊出苦味。

而外省，男人上车等着被拯救：

杯子对口渴而言，

哟你愿意永远空洞。

（是一个空洞。

北京三

凌晨，一幅破损的素描，

浓雾其中磨擦，

却有几棵不合时宜的棕榈树，

寒冷的假山石后出现：

就像，

命如悬丝出现在黑夜，

拉着门洞里的水袖，

直到，再次梦见——

当凌晨一幅破损的素描，

不合时宜的人民公园。

北京四

你把牲畜变小，你把自己变成声音，

干燥，夏日白光之中，

进入地坛，进入寄居，

不能指望人，尤其人间，红墙渗水，

订书机爬树寻找将要脱落的树皮，

胡同里，白杨涤荡，大运河午睡。

拔地而起的耳朵被挤走——嗡嗡——鲜奶。

北京五

体会到：众神无言。

最为勇敢的寂寞：

石头垒高，地方神沉默。

灰色河，

在，

城门截句——

2007 年 3 月 16 日下午：

帝国燕子从烟纸店飞出，

一个有理想的外星人，利玛窦，

很多年前死在北京。

躲过宇宙闭口不谈的混乱。

无诗歌

革命……将来自不堪。

更可能是雪。

冷的。

不淡——就行的徒步的血。

或者，

下成淘米水的雨。

湿漉漉，而米酒，

不会苏醒。

谁是两人的盐？

如此欲海。

可以凑一首诗了……历史：

苍凉的血统

活有尊严，这是

　　自己的时间，这是——

栏杆装束的朱红之漆，

烧灼的山羊拿着白蜡烛，

在别人家，

我们非常不容易。

——

活有自己的

　　时间，这是尊严，

缺乏诗意，那么，大冬天放弃凉亭，

溜肩的凉亭，额头窄小的假山，

丰胸的拱桥，栏杆装束着

　　艳丽仿佛床单的少妇，

朱红之漆披挂

　　焦虑珍珠，

比目鱼计较皇恩浩劫两地……

"吃饱了吗？"

"吃饱了撑的吗？"

雪中，

栖满帝国著名乌鸦，

苍凉的血统就是

　　　那一年都不能烧灼它、摧毁它。

———

而冻雨连绵，故乡就与山羊恋爱，

街头铺张的喧嚣克制住新近敌意。

———

不犯众怒，不犯低级错误，

拿着滚烫的白色的蜡烛，

在别人家房间点点戳戳，

白色的羊骨头遗民游荡于小巷的

　　一无是处，

我们凝结，非常不容易。

成分

绿鼻祖,

尘封多年,泉州胡僧,

好像门外汉。

鼻祖南渡过后,

山头湿漉漉。

孤本胡同游逛的血污鼻祖,

煤烟,皇都,都是背景,

景山差点,成为靠山接过风油精。

精神病了。我知道你知道未来,

楼梯口一道陈皮颜色,

夕晖顶住他服罪后背,这点,

算不准。准确说:

"门外汉与泉州胡僧悄然;

挥发的身世迷离扑朔。"

小读物（湖边听水篇）

湖边听水，睡成一片浪。

偏要睡成船的样子，它就沉沦。

圆坛

食性、可食性——

女主人上一道正史：褐色液体要去后宫纳凉。

可能还有血糯野史；小桃红甜点。

褐色液体，

圆坛之树仿佛，

剥下一层皮。

在皮上，

注射，

无家的人继续无政府……

作为肉，

没有燕麦从肉里长出，

作为口感（没完没了圆坛在四周谈到水草）。

如今

要把风声塞进去，

发动一场内战……

江山美人，

人事不省——

呕兔的、

　　　惨淡？

初次出门，

灯火温暖，彩纸骑手并不友好。

末日。

（要把风声塞进去，

依旧一缕内战之手，

淡红的卑贱血统，

耳朵拎起！

挣扎其中的叉叉耳朵！叉叉耳朵。

（要把风声塞进去，

内战郊区：

你有过茉莉花，

在树丛冒泡。

形迹

你不要醒来，在河边，

睡吧。水会流转，

找到它需要的人——

悲哀会找到它需要的人。

水会留住河的，

大地一层深过一层。

"欢乐"！

"欢乐"！

"欢乐"！

箴言日记

大块灰色，掉下床，

原本不声不响，装着一肚子碎海绵，

结果成为闯入者。

一阵寂静犹如，

有人身后凝视我。

在门口，

风与暗：

戴着面具的红灯泡——

从桃木削出一盏，

它是暗室，在公共场所，

它是脱离左翼与右翼的光溜溜鸟身，

装着一肚子碎海绵！闯入者。

它也没有，将没有。

一盏箴言者，海绵天蓝，

一盏盏箴言主义，容纳流浪尖，

只需一点。海绵是面具旁天蓝田，

它也没有，将没有——

具体到闯入者手持的一条箴言。

在高原

夜深如沉，

白杨树静观落下的声音。

灵魂离地三尺！

近

泠泠故园亭台喝茶，

周围他们的脸，

拓片苍白。附近，

皱皱巴巴，

刚从碑上揭下。

岁月东倒西歪岁月逝世，

沙，光景，鸦雀无声，

桌上摆满黄鸟，

录音机熔化，

流出血，

觇觇的淡蓝自生自灭，

附近自生自灭。

唯一空椅子，一把椅子，

谁给了它疆土？

版刻"执法者"。周围我们的脸，

附近，岁月，

岁月逝世在附近。

断耳山

看我来了，那么客气，
提着一包点心。我说
你不是！
你看
　　断耳山
火辣辣溶洞
迅速生长出
向日葵。

一个人看我来了，他说"墨徒"转世，说着，拿出剃须刀，
折叠像北京风筝，从肉里飞出，在粉红窗户吃下的饼干，
大小天空，包藏夹心的两块黑乎乎巧克力阴唇，中场休息，
飞出白花，割下耳朵，刀从没割下过自己耳朵，哪怕剃须
刀，我们两个还在！他坚持说他"墨徒"转世，说着，拿
出剃须刀，割下耳朵，我从面孔快速形成的溶洞里，看到
同样快速形成的，是一枝往窗外生长的向日葵。现在，某
块玻璃最为明亮，这间房里最为猛烈的视觉，一个人看我

来了，我说你不是"墨徒"转世，"墨徒"一刀下去，只见耳朵落地，并没有向日葵越长越大，他感到吃重，不算短吧，脖子扭成分头形状耷拉肩膀，向日葵越长越大，他用剃须刀割向日葵，越割越长，执行吧，野蛮拔着他耳朵里的向日葵，我想帮他，连根，根本拔不掉，腰花耷拉欲火之中，别同情受难者，他们会急中生智。不幸而言中一个人把剃须刀转换方向，顺手一拉，割下另一只耳朵，顿时体内安排下优质弹簧，他渐渐弹起，我从面孔快速形成的又一个溶洞里，看到同样快速形成的，这次不是向日葵，这次是一只无觅处铁鞋，太重啦，幸亏它往窗外跑，正当一个人快失重之际，又一只铁鞋从溶洞跑出，它们是一对，一对又一对铁鞋往我们外面奔跑，我看得都有些不耐烦了，在我失重与弥留之际，终于进入子虚物业，倒也是成双成对出没兵家必争之地。他为平衡一边溶洞里大家族般兴旺发达的向日葵，就必须让另一边溶洞源源不断有鞋跑出，简直就成跑鞋故事。

你不要趴在此地吼，

把大地之耳聋了。

大地之耳，大地之耳静听——

有时也太投入，腹部绷紧，两耳竖起，是不是太投入？

她说去里面，

我要轰炸机此刻在屋脊油炸童子鸡，一只燃烧的耳朵，吹

向收藏青蛙与癞蛤蟆的水稻田。

她要真皮沙发这个干涸的烂泥塘。

我射了许多蝌蚪，

在烂泥塘内。

我说你要好好把它们培育成青蛙。

一个春天，一动不动，然后夏天看我来了，那么客气，提

着一包眼睛，看不清时间。

我看不清时间，

就给受罪的手表滴眼药水。

干了。

咳咳的玻璃表面，

现在，滚起晶莹的眼药水银球，

气鼓鼓的

    四处闲逛，想趁机捞一把，

任性就像癞蛤蟆身上"疙瘩"

    "疙疙瘩瘩"

      "疙瘩"。

在她未见亲生之前，

我先遭遇杂种。

杂种的癞蛤蟆，哈吧，

你受罪吧，你委屈吧，

你不要趴在此地吼吧，

大地之耳聋了吗?

大地之耳, 大地之耳静听!

大地两耳竖起, 其中一只是燃烧的耳朵, 然后夏天来了, 看不清时间, 就给手表滴眼药水。"疙嗒"。"疙疙嗒嗒"。"疙嗒"杂交词: "疙瘩"与"嘀嗒"杂交, 也就是癞蛤蟆"疙瘩"与手表"嘀嗒"——"疙疙嗒嗒"当然就是"疙疙瘩瘩"与"嘀嘀嗒嗒"杂交的结果。大地之耳聋了吗? 从某种意义, 上说的确不够全面。因为它只能听见"嗒"而无法看见"疙", 我们尽量发出"疙"声, 所以, "嗒"! 能否目睹此地寻死觅活?

此地有个地方神。

A (简称 G.D),

断耳山东部蚁穴国家,

前 S.Z 八卦之一,

窝点为俗称的"蜂窝煤"。

2990，G.D 发动独立战争，

后来根据 W 或者 B（简称 G.W 或者 G.B）协议，

在行政及管理上被分成两个实体，

C.B 联邦和 G.C 共和国。

C.B 是历史学上的地理区域，

无政治实体可言。

光阴似箭，世代如此，

一道白色的道路斜贯水城门，

我们不一会儿乘船到此地，

而今没有谁会注视我们，

就像无人缴纳地方税。

地方神有时就简称 G.D。

如果你有时间的话，

我们只能有无人供奉的地方神，

如果以粗鲁的面目出现，这倒不失为风度。

据说地方神就是如此。

不会激情洋溢，对无知多一点了解后，

就不会那么激情洋溢了。据说地方神就是如此。

我们会看到三份文件：

无知是 G.B 协议白虎，而无知觉则是一头花猫。她还没乳房呢，就已经花猫一样。现在知其躺在床榻的她随时都会像打翻的汤碗。

黑眼睛 M 想绿眼睛 M 她看见的世界是全绿的吧，这怎么受得了！没眼睛 M 想黑眼睛 M 她看见的世界是全黑的吧。因为黑眼睛 M 她没想到不完全黑。没眼睛打翻汤碗。

对白的缄默性质，我忽然觉得里面有好玩的东西，一对白羊坡上既不吃喝，也不去拉萨，我什么时候会给绿眼睛 M 亮出灯谜？语言的畜生就是说需要留下活口。

是一分身术！词语定格，牵涉到精确性；道德时空只能对分身术横加指责，而做不到横加干涉。这点诗人和地方神

同样有群等待安排宰杀的羊，将会看到三份文件：断耳山
羊与良家绵羊获取口头成形的书面羊，几乎能使本体论分
身，不已是一分身术了吗？

总有一天会经过星期天集市，

我要的此地也不会有，

我快经过暗影：

处理伟大的传统之中

　　一个绿色气囊。

我准备原路返回，

已经没有。

此地多挖一口井。

我要先爬进井中，

吞吞吐吐，从那头吐出——

一个绿色气囊，

暗示我浮力，氧气，

我在井中获救。

而不是河上。

刮来一阵风，
闪失在河上。

我总有一天要把自己分批送给世界。管它要不要，我一边
经过星期天集市。我什么都不要经过星期天集市，我要此
地也不会有剃头担。我快经过剃头担一个五彩缤纷仿佛虹
霓高个子端坐，剃头匠趴在梯子顶级为虹霓工作，缠住许
多软棍的梯子正好架在高个子军大衣一般后背，安装一条
铜质拉链。没什么值得多看也没少停下，就刚才停下片刻
我的两手开始忽痛忽痒，长毛了，越缺氧越长得长，我的
毛越长，剃头担上高个子的头发越短。我后来发觉高个子
的头发神不知鬼不觉仿佛一支军队，换防穿过玉兔营地穿
过新月沙漠驻扎到我无足轻重的两手，变成头发一般暗影。
虎口头发尤其浓密，我进化到类人猿，但我已经极其难以
适应高科技数码生活，就又退回。重新加入／退回到人类

猿组织。我终于自己，成为自己退货，张牙舞爪首先必须处理长毛，我一蓬一蓬拔毛往地上丢，刮来一阵风，也吹走一些。慈善姐姐把吹走的捡回，浩瀚如四库全书，这样说不确切，确切是为了防火，就弄出许多井水在颈圈伟大的传统之中，慈善姐姐刚才一直蹲在下面吃毛，一只芋头加上一只蹲鸥，也加上一口炖锅。慈善姐姐热气腾腾，一边吃毛，一边快活地吐着一个绿色气囊，在下巴部位吞吞吐吐，又毫不担心失地收复，一丈水退之八尺，又是一丈水了。慈善姐姐蹲鸥吃毛，气囊越来越薄变得淡绿，几乎透明让我看到气囊里面漂浮半只又半只鸡蛋，黄金小孩裹入雪白的棉花胎而我的短见越来越长，我把短见拧成事业线绕住脖子，脖子上有一条黄鱼从某种意义，上说也就是巧合，跟在我身后到达井床，不一会儿乘上船仿佛坐电梯下去，不一会儿到此地，时间多得用不完，既然时间多得用不完我就测试慈善，姐姐还没乳房呢，但有气囊，还是绿色的气囊这怎么受得了。动手吧，一出电梯我们就航行河上，我往河里倾销一蓬一蓬长毛，一蓬一蓬长毛过后，是一只一只断耳。转世"墨徒"的断耳在白蚁穴堆出断耳

山，因为无事可干又没有订单又没有战争，断耳开始长毛，

断耳开始一蓬一蓬长毛，生态良好。绿眼睛看见的世界。

会有，一次次守夜，

来到眼前，一不小心：

我缩小一倍，

像条狗，

蜡烛惨白。

布满茶色，荒地摇摆临时搭出的风景，

守夜在漫漶、起伏、永恒的边缘。

会有一次次守夜。

我决定只保留几个亲人。

桀骜不驯，乖僻，

玩世不恭，自私。

彻底失败了，太阳落山，

生活中我只保留几个夜晚。

会有一次次守夜，

会在帐篷，

这一次，

怀抱茶色的腐烂客气……

也没有死者。

除了她和我，

没有活人。

灵床上的足迹，

更快，对于过后，

她有一只耳朵在生长。

越出冗长的暗影，

越出自己，

这一只耳朵，

让我断裂，

成为兔耳。

活跃的兔耳，永恒、起伏、漫漶的边缘，

想念会种开花的、消毒棉球的祖母。

一本名"注"的诗集

一部分

注一：

下地狱了。

语言是我地狱。

一部分

注一：

昨夜，我梦见你就是一条注，

在书页角落——

一部分

注一：

沉默是种物质，组织在阴影的语法中——

注一：

饶舌，两头的宇宙，每个人都有舌尖，

一些高潮会哭，来尝试流淌的坏血统——

一部分

注一：

一条男注和一条女注定终身，

两人要找到婚姻登记处一样，

找到正文。大街上车水马龙，

过不了河——

注一：

上溯，你是发明，

你是拒绝戴着猴王面具的猴子出纳，

什么是正常？

何止如此的习俗——

注一：

幻觉是更高现实，

詹姆斯过户，这么说话，

说明你在更低现实"的语法中——"

一部分

注一：

昨夜，我梦见你就是一条注，

和我一样，

在书页的角落，

弥天空白哪里

　　　是正文？

被正文抛弃的

　　　注——

注一：

注意，首批孩子，

和受迫害者常常用

　　说谎的绑绳解脱——

注一：

大河切断我。

身体不能到，

灵魂也到不了——

一部分

注一：

小男孩白色茴香爸爸抓住两头，涉嫌沉默的

　　河里——

一部分

注一：

母——

一部分

注一：

宇宙

公式——

注一：

众人的

大小便

楼梯口——

一部分

注一：

镶金嵌银

麻绳组织

两头女性

在语法中——

注一：

注水的孩子

因为坏血统

而掀起波澜

宇宙公式的

两头是毒药——

注一：

每个人都有他

自己的毒药谁

也不能不喝下

躲在两头的生

殖器用另一头

上瘾涉嫌思想——

一部分

注一：

沉默是一种物质

公式垂下这纵欲

过度的生殖器也

用镶金嵌银的麻

绳捆索绑上瘾的

这么刻毒之两头

还有什么话好说——

注一：

母一部分注公式宇

大众人口大口注的

小楼口分大公小的

众人注部公人大的

一公式分式注口的

注众人的大便梯的

公注式口注众人的

大公式一注注宙母

注一:

注一:

一部分

注一:

毁灭来到母宇宙,

他在语法附近开照相馆,

他妻子是两头女性,

做过见不得人的事,

日出了,

现在,

真相大白!

他冲洗底片,

不停地往一张脸上注水,

美好的肉感来替代

　　好像纵欲一样。

那些兔崽子，而顾客们依然沉睡，

鼾声密令他生生不息，

正可以举办婚礼——

一部分

注一：

看你看到的沉默——

一部分

注一：

这些注，

在搏斗，在融合，在纠缠，在蠢蠢欲动，在解，

老子胡须上有没有不喝干净的青牛奶？

它们寻找出处——

343

注一：

出处像双胞胎儿子，

依赖

     在童年油灯下，

读一本神话：

湿润，好像一个湖，

注水的孩子因为坏血统而掀起波澜——

一部分

注一：

双胞胎儿子，

一人咬住一只乳房，

直到月亮变红，

救命稻草辩白。

父亲顶着一小块大海回来，

他抓到的鱼，

统统圈养里面——

注一：

昨夜，我梦见你就是一条注。

绕上斑马。

浑身水淋淋，落下。

最后淌在四条晕眩的腿间。

倒映黑色诗行。

肥肉颤颤。

下午一点黄金洞开

　　　积水潭。

肥肉颤颤的积水潭——

一部分

注一：

一个大我 14 岁的女人，

竟然成为我母。

要不要作爱?

背上民族记忆，受迫害者蹲广场——

注一:

她的乳房，像双胞胎儿子，

如果有第三只，那是她的宝贝孙子——

一部分

注一:

母宇宙，

公式化的众人，

镶金嵌银——

注一:

也用镶金嵌银的麻绳，

把中邪的两头女性，

组织阴影的语法中——

注一：

每个人都有他自己的毒药，

注水的孩子因为坏血统而掀起波澜，

两头女性涉嫌思想就用另一头上瘾——

注一：

沉默是宇宙之中不多的物质，

宇宙最后成为这不多的物质，

美好的肉感来替代——

注一：

公式垂下，这纵欲过度的生殖器，

马胡须上有没有不喝干净的牛奶？

肉感的翅膀替代公式——

注一：

两头沉默？于是多头戏敲锣打鼓，

酷吏的盛夏被雪严肃浪费，

于是玉麒麟抱来——

注一：

背上刻有国际象棋棋盘，

谁刻出它？这么刻毒！

棋子还没移动就毒死故乡——

注一：

喂头瑞兽，喂个血统，喂，

翅膀上带孔的肉红烧好吃，

他周游列国，不随便停下，他是活肉——

注一：

姜块剁成镶金嵌银的泡沫，妈妈，

爸爸抓住两头，割下翅膀，

组织炖锅的宇宙中——

注一：

我们热气里，注水的孔，

捂住胳膊上艳若桃花的孔，

止血，在上瘾的热气里——

一部分

注一：

昨夜，我梦见你就是一条注，

和我一样，

在书页角落，

弥天空白，哪里

　　正文？

或许，我们是两条抛弃一篇正文的

　　止血注——

一部分

注一:

你看你的脑子有多混乱——

注一:

格老子骑着白牛。

抱来的植物园，绿色，绿色等级，

差别，一些版本会哭。

背上民族记忆，受迫害者蹲金丝楠木

　　危局的体内，

　　一句诗，

　　一居室，

绿色技术，

替你还本能之债：镜像。

电荷静听雨声，一瞬即逝刻有国际象棋棋盘的池塘，

反粒子之雨没有声带？

每个人都有舌尖来尝试流淌的坏血统：

在我们的地球，嗜好屠杀更容易上瘾。

350

不会上瘾的是毒药，

草木灰，

牛血，

令人瞩目的物质形成不溶性物质随粪便排出，

沉默，

是纵欲后对博学的上瘾。

玻璃蜂巢里忙碌着黄血盐，

把中邪的两头女性组织

　　　危局的体内，

　　　量杯里，

　　　阴影的语法中，

有限生活，

能否助我度过难关？从鱼眼，

钓出鱼骨头，

上瘾的毒药鱼，老板鱼，三文鱼，鸦片鱼，

甩入血淋淋虚空，

堆满的红色垃圾。

某月：月亮黑黑的下巴在凌晨，

约会猛兽，多头戏先生，或者代母乳，

他有汞的腰肢，软地……软软地……软软软地……消失
　　消失定金峰顶。

纵欲后对博学的上瘾，"学而时习之"，

爸爸抓住孔，割下翅膀，

焙烧，

过滤掉不溶解的血统以后，

得到干净的溶液，

不喝干净的水牛奶？蒸汽机穿越山阴道，

我们热气里，注水的孩子，

便析出黄色的晶体，

一同消失在定金峰顶，

注水的孩子或许通过童贞才能获得标新立异的
　　绿色，绿色等级，

　　绿色考试，

一些高潮会哭。

你不要老思想，

格老子骑着白牛。

让新盲人摸摸——

一部分

注一：

见注一。

一部分

注一：

这些小水汪汪往下流，

有了想法。

摸摸，它有我手掌大，

湿润的，好像一个湖。

湖底干净，没有沉船——

一部分

注一：

你不能老，给什么，

吃什么。

我们还要夏天。

她屁股上的玫瑰红克我们头脑里的白。

白色的茴香！威严地雕刻革命，

我挤在命根子中——

注一：

头脑与心并用，

羽毛，黑眼圈里的眼睛。

注一：

用脑过度，

冷水中爬的，

乌龟。

白色茴香！威严口交革命——

354

一部分

注一：

宇宙就有多混乱——

注一：

毒药，毒药，母乳，海！

母宇宙，公式，镶金！

也用嵌银的女性，语法中的毒药，涉嫌沉默！

不多的宇宙，最后来替代纵欲，过度的两头！

于是，抱来的棋盘，这么刻毒！

喂些血统，喂些肉，镶金嵌银的泡沫，宇宙中！

我们热气里注水，止血，在上瘾的混乱里，你的脑子有多

混乱——

一部分

注一：

清晰之际——

注一：

宇宙就有多混乱——

注一：

股份，雕塑，

离开，鸡冠，

羽绒，呕吐，

叶片，分解，

酒精，清晰得像——

注一：

你脑子里的混乱，

正可以举办婚礼，

你脑子里的混乱，

并不是来自宇宙，

你要宇宙，你就

　　　混乱了。

保持不相呼呼应。

你的身体，发着

　　苹果绿——

注一：

这苹果绿的茴香彗星，

过滤掉不溶解的血统以后，

结晶故乡，

你窗前这一点上与我窗前呼应，

苹果在我们的地球嗜好坠楼，

楼梯口，只是一块陨石，

众神的声带剁成闪电云

　　　母——

注一：

线，

钟，

喂些母乳，

或者木牛流奶。时代会代我们受过，

受罪——

注一：

剪出的纸文字，装满圆盒。

铁皮圆盒里，黄澄澄的，

比饼干还香，诱人，

先在她那里蘸好胶水，她有一管，

把头发贴到白煮脸蛋上，

他们去旅游，

没有转圈。划出黑方块，

波折号，

后面是——

注一：

他们去旅游，

在山顶拍照，

后来死在大气中。

照片冲洗出来，

总有一个人跟随他们——

一部分

注一：

只是一块陨石——

注一：

你的脑子有多混乱，

宇宙就有多混乱；

清晰之际，

只是一块陨石——

一部分

注一:

臭名昭著的陨石?

情愿吐丝,

也不情愿吐露——

注一:

两条注在自己平静的面孔上,

看彼此的星星。

白花花的星,苦行星——

一部分

注一:

"我觉得无聊。"

"甚至很讨厌。"

他们没有不懂，

十分出色，两腮粉红，

像个行会。

马上就来，像个黑帮。

垄断眼镜，

在视力表上看不见时代的眼镜蛇，

满怀怨恨，

黏糊糊，

软绵绵，

看不见的时代，

连眼镜蛇都成

就

是用过的绷带。

"我觉得止血。"

太湖石这苏州白药——

注一：

她撅着削掉绿皮的苹果，

树正掉下银杏。

掉下，蜜饯，别看不起眼，

它迷奸第三个年头——

注一：

下注了。

女士掷色子，

女士总是好手气。

在烂片中的男人炫耀着脚气，

要是住在村里，

准时哲学家——

一部分

注一：

看着我，这条注慢慢灌满体液，

蠕动，

蚕食文字、引文。吐出

空白。

没有，没有正文——

一部分

注一：

一生会有多次转世，

你要享受你的沉默之处

空白之处：

梦中的名字叫投胎，

这两条注隐射

两头女性，

意思是一条河，

流最早的化身。

两头女性，双胞胎儿子，

自我欣赏分化成你们。

你们一下死亡，又一下醒来——

一部分

注一：

弥天大谎一样的空白——

一部分

注一：

等死——

一部分

注一：

等死，继续——

一部分

注一：

不见得长大，

妹妹变成姐姐。

是长大了，我们在

     小男孩的

河里——

一部分

注一：

我看着我，灌满体液，

长出软肉，蠕动，

蚕食空白，

看着我，这条注慢慢灌满体液，

软肉，蠕动，

深黑，蠕动蠕动，

蚕食空白，没有，没有正文——

注一：

昨夜，我梦见你就是一条注，

被注所注的……

弥天大谎一样的空白，

谁目光短浅，

谁就去创新，

而我要的是陈词滥调，

所蛀的书页——

注一：

昨夜，我梦见你就是一条注，

注脚穿着金鞋，

踏响阁楼，下注了，最后是尘土——

一部分

注一：

下注了。

流出语言的一条注——

一部分

注一：

昨夜。我梦见你就是一条女。

有点勃起。像我一样。

奶奶的熊。

大熊星座为什么看不见呢？

她要享受她的看不见之处——

注一：

小男孩的白色茴香。小男孩白色茴香的爸爸。小男孩白色茴香的爸爸抓住两头。小男孩白色茴香的爸爸抓住两头涉嫌沉默的河里——

一部分

注一：

流出地狱的一条注，

黎明的河流——

一部分

注一：

下注了——

一部分

注一：

用脑过度，

冷水中爬的，

乌龟——

一部分

注一：

深夜拉肚子的人在回忆

　　他一天的食物。

鲜花内脏

提示："诗工重地，请勿入内！"

然后出现一丛芦苇，

巨硕，绿头，

把大块撑足，起念

　　　于半米以上，冷光之中。

……寒风瑟瑟绿头，

来自摆脱不了——

不是它摆脱不了的虚无。

用谦逊口气，

然后我，

用口气，

分享"鲜花内脏"。

钻入其中，

一片玻璃，闪闪礼物已经送出。

冰河，坠地无声。

啊，棕色

　　一杯茶水，

再不烫手。

扶住栏杆而赶到外面。

它有咖啡色线

　　杂树，

含糊不清户外；

活动阴沉的

　　鸥鹟，

阴沉到

　　胡同剩下一截烟囱。

骨头里，

磷火足以

　　触摸关灯。

看不见远处，

那么，白铁皮执法者，

布置高出陆地的麻醉迷雾。

骨头里，

月亮足以

　　　鸥鹕一样，

鸥鹕茶叶一样，

和茶叶一样，

血液中，翻滚。

棕色，

棕色，

棕色，纵身，

茶水好奇喝下我，

那天，是我慢慢游入，

之杯中物？

骨头里，棕色足以内脏一样。

至今铁腕已经"博物"，

披着，以前披着

出血人皮，

让动物界恐惧。披着

白大褂，

"有求于我吧。"

让我"有求于我"，

走廊，走廊墙壁，

半米以上，

明显界定——

"形而上尸体"，

僵硬，一支钢笔决不扭曲。

"你书写什么？"

几位病人墨水滴到底，

在下蓝，在阴沉床单，

内心婴儿被消毒。

哭声达标。至今"博物铁腕"，

披着

白大褂，

或者说变得卫生。

戴着口罩，

抽水马桶捂紧盖子。

白色抽水马桶，

噪音作废的欢乐，

杂树，

咆哮、偷情暴君；

小学生运算，

四则只有加入周围，安分守己的蓝，

去边境排队，

领取维摩诘与一截烟囱，

"人性化服务"，然后结清

　　　欠款（让维摩诘打扫烟囱），

沿着，暗红软垫铁椅，

除完不走运走廊，到底，

撕开口子（一如○）：

"手术室"，低洼，

封锁消息，封锁县城，

汪动蓝，

花花不祥水库

　　晦涩茶叶蛋时辰……

触摸其中，

慢慢游入那天，

领取"香气中毒"。

我得到"释放"。

就在刚才，

披着白大褂的"博物铁腕"，

已经摘录

　　低洼里的"手术室"，

至今，他的鲸鱼脚背，

浮出狂涨的棉花球，

喷刃。

"给手术台镜头"：

手术台留白。

"给病人镜头"：

病人事不省，

争取到诊断书自由。

"给诊断书镜头"：

（他的病）"香气传播妄想症"，

在臭烘烘当代，

他传播香气。

"博物铁腕"紧裹白大褂，高抬贵手，拿起刀：

病人被解脱的肚皮往两旁褪去快速传播，

……香气四溢，腹腔涌出"鲜花内脏"。"鲜花内脏"，

怒放无记性冰河黑岸。智能型画船开来。

香气四溢，腹腔涌出"鲜花内脏"，博物之外的——

鲜花

与

内脏

春宫画

不需要向谁致敬，也不需要

还荒野榆钱。两个活宝活得

决定像一幅春宫画。

丑陋增进动物饼干热爱

共同的绿叶。

掰开连环，

是桃子字面上，拿不到。每本

带书去，真有意思，

我们班性爱句式。

"不需要我們以致。"

以致失血过多，

一条 一条红外套剥开龙虾肉，

放到水里抖抖，抖散

一只一只小黑兔，

378

（有的真小，

像姑娘家。

失血过多的云层，

削铁如泥，

我拖泥带水游过咸池。

它一侧肩膀平易近人，

就从平易近人那里凭栏，

狼在保安。

失血过多，吹口气，

肚子一鼓又活到内战，

被放入洞窟，

何方神仙请到旧地重游，

鸽子选择橄榄油。

碧绿碧绿敢览由于——

这幅画中乌有。

"過多這幅畫中烏有：

需要批准熱風起伏。"

真，需要批准，

彩虹花粉过敏，

用麻绳编出太阳，

红颜千头万绪，

一杯黑茶倒入

三只糖罐，看麦娘注射

海拔较低的性器，

潮湿之地，重生之地，

镀银的性器手指弹一下，

就像烫一下，

烫坏脚背，

跳着脚出门，真的，

标准阴毛都七尺左右，

被猴子吹到假山石后，

有点眼花，

弄乱叠在一起的少年中国，

我请假出门，

潮湿之地死亡受热

甜腻的气息，

海拔较低的墓碑，

一排排仿佛倒垂的、

热风起伏的麦穗。

"重生之地麥穗種下菱形，

它揚起塵土莱湯一樣褐色。

結果我們每人騎馬回來。"

种下菱形，

圆，

三角形，

识字不多，对着罐说话，

有了身孕。

十月怀胎，

十一月卷土重来，

农民有自己的春宫画，

裤管挽高一长条，

黑车稻田之上移动，

河提之上推走满腹青蛙，

已经去皮。

自由泳。

水，

在罐中潜水，

直到沉没，

隔空扬起尘土。

大地有自己的春宫画，

享受毁灭的快感，

直到水，它扬起尘土。

"罚她立壁角，

剩條短褲，

把我們帶到集市上去，

從他春宮畫裡趕走。"

东道德西道德，我考到这道试题。

罚她立壁角，月亮是颗大土豆，

只穿——出去一缕烟，

煮着火，爱美之国，

剥到玉米芯，

菜汤一样褐色。

剩条短裤。

短裤必须三角，

三角在九州必须三角恋；

柏林让白马驮到赵县，

墙在寺里面壁十年。

政治老师把我们带到集市上去，

他要卖掉一匹马。

结果我们每人骑马回来，

他又买进一匹马。

"我考到這道試題，

面壁十年外面下雨後來下雪，

這時只有一個空洞，

在又一個圈裡，
像孿生兄弟表演立正。"

从他春宫画里赶走，
都来不及穿衣服。

（末代留下报复的故宫。
外面下雨，后来下雪，

后来什么大白天，
你上了岁数，无所事事。

我要替他嵌入其中，
这时，只有一个空洞!

只有一个空洞戴着戒指，
穿越地坛，

钉上洋红树干，

这时，出来闲逛的树干，

扛着两条腿，

抓住裙摆，尿液漫长，

隧道口开出火车。

外面下雪，后来滑冰——

在一个又一个圈里，

圆像孪生兄弟。

"來不及穿衣服，

我要替他釘上樹幹，

尿液漫長隧道口開出火車，

蘋果掏出一朵一朵一朵蘋果花，

~~數量之多兩次葬禮形成影迷之地，~~
~~蘋果站在上面撕裂蜜蜂。"~~

苹果站在上面表演立正，
不能笑场。
我从它底部掏出一朵一朵一朵
苹果花。

白色的
苹果花!
数量之多，
可以给沙漏举办两次葬礼。

我给苹果脱掉外衣，
雾在嘴唇形成细密水珠，
在外衣，
红外衣上镜片般水汽，

瀑布一直裁剪到影迷之地，

一口从宽银幕咬下

友人的灰苹果。

他的骨灰，

比我骨头还硬。

而茶褐子弹，

躺进棺材。

她像一颗子弹躺进棺材——

冒着烟，

指上的苹果汁舔光，

太阳的味道，

撕裂蜜蜂的蜂蜜。

白色的可以裁宽银幕，

咬下骨头而茶躺进棺材，

太陽的蜂蜜銷量很好，

沒有死者覺得要死，

作為禮物，

虛無讓我們免除暗夜行路，

作為證婚人幾乎失明。

红布销量很好。

"一向很好。"

此地没有死者，

觉得要死了，

就到湖底生活。

错误的答案是我爱吃花生，

海盗带来恰恰一个大陆——作为礼物，

占地面积过于庞大，

卧室养马，骑它去厨房吃饭。

每只饭碗安排半熟美女，

白米假山上，眼罩漆黑，

像一团浓雾：

授课时候，

打个勾，"√"，

头抬起，拦腰撅进虚无，

还是会盖一块布，

风吹来，飘向所有。

（所有死者是自己觉得要死了，

让我们免除羞辱。

"紅布沒有死者，

錯誤的答案占地面積龐大，

安排假山上一團濃霧，

飄向所有地圖，

灌滿搖晃微火的性器，

空中鴿子收集赭石，

用來鋪床在春宮畫中，

語無倫次因為中心扭動身軀。"

暗夜行路的人，春宫画，

是他地图。

灌满橄榄油——

摇晃微火，性器，像盏旧社会油灯。

空中：鸽子作为证婚人，

叼着眼镜蛇，

新娘扭动身躯，

读书太多，几乎失明。

（女荷马收集路灯，

用来铺床。

史诗！史诗在春宫画中，

天天被请去喝喜酒。

它语无伦次因为我们是舌头。

"行路的微火扭動女荷馬，

用來喝喜酒因為我們是眼色，

孤獨中心發瘋子，

離開故鄉在月下修路，

沒有河水丟掉繼母，

貝殼暗訪船長的快樂大本營，

覆沒的月亮一隻手，

摸著胡同裡白楊、諸子、百家和神，

剁碎她們。"

赭石積德累善所以好眼色，

我去集市轉轉，

孫悟空在賣桃核，

它是孤獨中心——

乡村医生发疯了，一根头发坐对面，

嘀咕思想近来，

都有毛病，

逼它离开故乡，

进化肉翅，击打处女地。

天鹅在月下修路，

精致的脖子（这称心农具，

把赭石敲得火冒三丈，

仿佛婚礼上的烟花。

短暂的新郎，没有河水。

赭石：

桃核是你们丢掉的继母贝壳，

而暗访废墟的棉布枕头，

听见死海。

"死海的座右銘靠岸，

朱砂波濤轉了一圈，

有條蠻不講理的公羊，

而牝狼安逸地吃草，

她們切成朵朵粉紅玫瑰，

人們呵你在這兒，

人們呵只有你在這兒，

被貼上一條黑膠帶的樹林，

蕭穆得好像被貼上黑膠帶，

某一日是個安靜的後院。"

情形下，

快乐大本营，

这棵树的的座右铭你根本，

不，丁香船长兵不厌诈，

你在网吧，

男子偷走方便面，

眼皮底下靠岸。覆没的班级——

安神益脑。朱砂！

秋叶背面，

庄严有佛相：

他夜渡长江，月亮看到影子，

像一只手，

摸着涌起的波涛。

转了一圈，已到北方，

拍的照片里有条胡同，

胡同里，

蛮不讲理地长着一株高粱，要和白杨野战。

诸子归位，百家迎神，

旅食的公羊牝狼群中，

安逸地吃草；

剁碎骨头，

她们把肉切成一朵一朵粉红玫瑰。

图书在版编目（CIP）数据

发明：车前子诗选 / 车前子 著 . -- 北京 ：作家出版社，2018. 2

（中国新诗百年）

ISBN 978-7-5063-9556-4

Ⅰ . ①发… Ⅱ . ①车… Ⅲ . ①诗集 – 中国 – 当代 Ⅳ . ①I227

中国版本图书馆 CIP 数据核字（2017）第 165245 号

发明——车前子诗选

作　　者：车前子
责任编辑：懿　翎
装帧设计：孙惟静
出版发行：作家出版社
社　　址：北京农展馆南里 10 号　　邮　　编：100125
电话传真：86-10-65930756（出版发行部）
　　　　　86-10-65004079（总编室）
　　　　　86-10-65015116（邮购部）
E-mail:zuojia@zuojia.net.cn
http://www.haozuojia.com（作家在线）
印　　刷：三河市华业印务有限公司
成品尺寸：142×210
字　　数：257 千
印　　张：13
版　　次：2018 年 2 月第 1 版
印　　次：2018 年 2 月第 1 次印刷
ISBN 978-7-5063-9556-4
定　　价：49.00 元